순간 속에

하이꾸 이야기

영원을 담는다

전이정 지음

순간 속에 영원을 담는다

하이꾸 이야기

창비

책머리에

1989년 여름. 가족의 생계를 짊어진 채 팍팍한 생활에 허덕이던 나에게 일본사람이 건내준 한권의 하이꾸시집은 내 영혼에 햇살처럼 다가와 삶의 의미를 일깨워주었다. 그해는 바쇼오가 『오꾸로 가는 작은 길』(おくのほそ道) 여행을 떠난지 300년이 되는 해로 일본에서는 기념행사가 많았다고 하는데, 그 물결에 휩쓸려 나도 하이꾸와 만나게 된 셈이다.

뜻하지 않은 만남 속에서 가슴이 뜨거워지며 피어오른 생각들, 생활에 기쁨과 믿음을 주는 소중한 느낌들, 내가 정말 알아야 할 삶의 가치들을 접하고 배울 수 있었다. 꿈도 없던 그 깜깜한 시간의 터널을 빠져나온 지금은 그것들을 전하고 싶은 마음으로 가득 차 있다.

일본인의 마음을 가장 잘 나타내주는 문예로 꼽히는 하이꾸는 일본의 자연과 정신적 토양을 바탕으로 하여, 5-7-5라고 하는 짧은 시형 속에 소박한 삶의 정취를 맛깔스럽게 담아낸다. 작은 풀꽃 하나, 가을 들판을 떠도는 싸한 풀향기에서도 인간 세상을 생각하게 하고, 청산이 은빛으로 뒤덮인 깊은 겨울, 매서운 겨울바람 속에서 피어난 선명한 꽃망울에서도 생명의 뜨거운 마음을 정겹게 느끼게 해준다. 그리고 하이꾸의 언어들은 마치 침묵의 여과기로 걸러낸 듯이, 무게 있고 여문 말로 우리 마음속에 메아리가 되어온다.

그러나 정작 하이꾸의 이해는 그리 간단한 일이 아니다. 이 책은 하이꾸를 좀더 쉽게 이해하고 감상할 수 있도록 하는 데에 주안을 두었다. 『순간 속에 영원을 담는다—하이꾸 이야기』가 하이꾸의 성격과 마음을 알려주는 길잡이로서, 하이꾸의 독특한 언어의 맛을 느끼고 마음의 촛불 같은 구(句)를 찾는 데 도움이 되었으면 하는 바람을 가져본다.

이 책이 나오기까지 협력을 아끼지 않으신 창비 편집부 여러분들께 심심한 감사를 드린다.

토오꾜오에서

전이정

차 례

하이꾸의 멋

하이꾸 작품 감상

| 일러두기 |

1. 이 책은 하이꾸(俳句)의 감상 입문서로서, 하이꾸의 역사를 만든 대표적인 하이진(俳人)을 소개하고 하이진의 작품 중 작가의 세계를 이해할 수 있는 대표작을 가려뽑았으며, 책 말미에서는 사계(四季)의 명구와 무끼(無季)하이꾸를 따로 선별해놓았다.
2. 각 하이진의 구의 배열은 작품 발표연대순으로 하였다.
3. 고전 하이꾸는 읽기 쉽도록 하기 위해 카나(일본문자)는 현대 표기로 바꾸고 오꾸리가나(送り假名)를 붙였다. 그리고 한자는 우리나라 상용한자로 바꾸어 표기하였다.

   예) 古池(ふるいけ)や蛙(かわず)飛(と)び込(こ)む水(みず)の音(おと)
4. 근현대 하이진의 구는 작자가 사용하는 문자를 존중해서 출전에 의거하여 표기하되, 한자는 우리나라의 상용한자로 바꾸고 오꾸리가나를 붙였다
5. 출전은 구 아래에 표시하고, 키고(季語)는 봄·여름·가을·겨울·신년으로 나누어 표시하였다. 또 '키레'(切れ)와 '키레지'(切字)를 지적하였다.
6. 하이꾸의 음수율은 되도록 17자의 정형을 지켜 번역하고, 키레가 구의 도중에 있는 경우는 쉼표로 표시하였다.

하이꾸의 멋

하이꾸란 무엇인가

하이꾸(俳句)란 무엇인가? 하이꾸란 '말'이다.

일본의 유명한 시인 오오오까 마꼬또(大岡信, 1931~)는 하이꾸를 가리켜 '감동적인 침묵을 만들어내는 언어장치'라고 하였다. 여기서 언어장치란 단순히 의사소통만을 위한 것이 아니다. 말을 많이 한다고 해서 나의 느낌과 의도하는 바를 상대에게 다 전할 수 있는 것은 아니다. 어떤 사람과는 몇마디 하지 않아도 그 마음을 알 것 같은데, 어떤 사람과는 아무리 오랫동안 이야기를 주고받아도 마음의 거리감이 좁혀지지 않는다. 한마디라도 가슴과 영혼에 신선한 충격을 주고, 자신을 북돋워주고, 깨닫게 해주는 말. 하이꾸의 말이란 바로 그런 것이다.

방황할 때 사람들은 고뇌하고 침묵한다. 이런 고뇌와 아픔을 겪은 후 내뱉는 한마디의 말에는 가볍게 받아넘길 수 없는 힘이 들어 있다. 하이꾸의 언어도 마찬가지다. 하이꾸의 시어는 가슴에 쌓이고 쌓여 가득 채워진 후 새어나온 침묵을 담아내기 때문에 표현된 말의 주변에 표현되지 않은 무수한 말이 전해져온다. 이렇듯 하이꾸는 그 핵심을 들여다보면 진정한 의미의 말이 '활구(活句)'가 되어, 삶의 감동과 인간의 진실을 절묘하게 담아내고 있다.

5-7-5, 불과 17자의 음절로 이루어진 세계에서 가장 짧은 시. 이 한줄의 시구 안에서 하고 싶은 말을 모두 표현해내야 한다. 그렇기 때문에 하이꾸는 어딘가 열려 있고 무너져 있으며 불완전하다. 또 그렇기 때문에 하이꾸의 세계는 무한하고 여유로우며, 우리를 무(無)의 경지에 들게 하는 것이다.

변화하는 사계절을 소재로 하여 자연과의 교감을 표현하는 데 하이꾸의 또다른 매력이 있다. 하이꾸는 계절을 상징하는 시어를 통해 일상의 풍류를 그려냄으로써 사람들을 매료시키고 감동을 불러일으킨다. 그런 의미에서 하이꾸는 마음의 기록이라 할 수 있다. 살아가는 순간순간의 흔적을 카메라로 포착하듯이, 그때 그 순간의 나를 하이꾸 한수 속에 담아낼 수 있는 것이다.

이렇듯 자연과의 교감을 밑바탕에 깔고 있는 하이꾸는 꾸준히 재평가되고 있다. 근대사회의 폐단으로 인해 자연이 훼손되고 사람들은 개인주의적이고 자아중심적으로 매몰되어 소중한 것들을 잃어가는 세태 속에서 그것은 당연한 귀결일 것이다.

일본에서는 이미 오래 전부터 '하이꾸의 시대'라는 표현이 생길 만큼 그 열기가 대단하다. 하이꾸 전문월간지만 해도 8개, 동인지만도 800개쯤 된다고 한다. 이밖에도 신문·잡지·텔레비전·라디오의 하이꾸란에 투고하는 것을 즐거움으로 삼는 사람들 또한 많이 있다. 일설에 의하면 하이꾸 애호가는 수백만에서 천만에 이른다고 한다. 하이꾸는 또 세계적으로도 수많은 애호가를 확보하면서 주목을 받고 있는데, 국제하이꾸교류협회에 따르면 50개 이상의 나라에서 자국의 모국어로 하이꾸를 읊으며 다양한 하이꾸문화를 가꾸고 있다 한다.

하이꾸를 우리말로 번역하면 서구의 언어로 번역할 때와 달리 비교적 5-7-5의 리듬을 살리면서 시의 느낌을 전달할 수 있다고 한다. 그러나 번역으로 일본의 역사와 문화, 가치관이 얽혀 있는 하이꾸의 맛을 완벽하게 살리기란 쉽지 않아 하이꾸의 본질과 시상을 어디까지 이해할 수 있을 것인가는 의문이다. 무엇보다 중요한 것은 우리와는 다른 시상의 차이를 인식하고 그들의 문화를 올바르게 이해하는 일일 것이다. 또 그것을 자양분으로 삶의 윤택함을 찾고, 우리만의 새로운 문화를 찾아내는 것도 의미있는 일이라 생각된다.

모든 문학작품이 그렇듯이 하이꾸에 대한 절대적인 해석은 존재하지 않는다. 무릇 작품이란 감상하는 독자에 의하여 새롭게 해석되고 보완되어 성장해가는 법이다. 하지만 막연하게 하이꾸를 느끼는 데서 나아가 바르게 감상하고 그에 대한 자신만의 정해(正解)를 찾기 위해서는 몇가지 기본적으로 알아두어야 할 것들이 있다.

하이까이와 하이꾸

보통 하이꾸 하면 바쇼오(松尾芭蕉, 1644~94)나 부손(與謝蕪村, 1716~83), 잇사(小林一茶, 1763~1827)를 떠올리는 사람이 많다. 그러나 하이꾸라는 말은 1893년 마사오까 시끼(正岡子規, 1867~1902)가 처음 사용한 것으로 하이꾸라고 불리기 전에는 '홋꾸'(發句)로 불렸다. 홋꾸는 본래 하이까이(俳諧)의 첫구를 가리키던 것으로 지금의 하이꾸와는 많이 다르다. 그러므로 이들의 작품을 현대적인 감각과 시점으로만 평가하려 든다면 이는 큰 잘못이다. 그 가치와 위대함을 제대로 느끼려면 무엇보다도 하이까이가 생겨난 시대의 배경이라든가 그 시대의 문화구조에 대해 이해해야 한다.

일본은 아득한 옛날부터 중국문화의 영향을 많이 받았다. 한자는 물론이고 달력, 춘하추동의 사계절을 구분하는 것까지도 중국에서 도입된 것이었다. 중국은 문학에 있어서도 좋은 본보기가 되어, 나라(奈良, 710~84)나 헤이안(平安, 794~1192) 시대에는 중국의 한시(漢詩)를 배우고 한자로 시(詩)를 읊었다. 그러나 한편으로는 만요가나(萬葉假名, 지금의 히라가나平假名가 만들어지기 전 일본말을 표기하기 위해 한자의 음을 빌려 카나假名와 같이 사용한 것, 우리의 이두와 비슷한 형태)나 히라가나를 사용하여 일본 고유의 노래를 만들게 되었다. 이것을 한시(漢詩)와 구별하여 '와까'(和歌, 일본의 노래)라고 한다.

와까는 처음에는 몇가지의 형태가 있었으나, 5-7-5-7-7의 31자를 중심으로 통합되었다가, 렌가(連歌)라는 형태로 발전한다. 렌가의 시초라고 할 수 있는 탄렌가(短連歌)는 5-7-5-7-7의 운율을 두 사람이 나누어 만드는 식이었는데, 누가 더 재치가 있는가를 겨루는 언어유희적인 요소가 강하였다.

12세기 후반 헤이안 말기가 되면 렌가는 차츰 길어져, 쬬오렌가(長連歌)로 발달해갔다. 쬬오렌가는 한편의 와까를 즉흥적으로 합작하는 경합의 묘미를 즐기는 데서 출발한 탄렌가와는 달리 구를 이어 읊어가는 전환의 묘미와 전체적인 조화를 중시하는 문예가 되었다. 카마꾸라(鎌倉, 1192~1333)·무로마찌(室町, 1338~1573) 시대가 되면, 5-7-5와 7-7의 시행을 연달아 읊어 100구의 시를 완성시키는 쬬오렌가도 생겨난다. 이때에 이르러 렌가는 격조 높고 아카데믹한 시로서, 중세의 미의식을 답습하고 고사성어를 인용하는 시구가 많이 만들어진다. 그러나 이렇게 렌가가 활성화되고 발전함에 따라 시구를 붙여가는 일정한 방법과 까다로운 규칙들이 하나둘 생기면서, 렌가는 본래의 웃음과 해학을 잃어버리고 점점 양식화되어갔다. 노래라는 것은 본디 즐거운 마음으로 읊는 것인데, 정해진 규칙들이 많아지다 보니 쉽게 좋은 노래를 만들 수가 없었다. 그래서 새로운 변화를 추구하며 만들어진 것이 '하이까이렌가'(俳諧之連歌)였다.

하이까이렌가는 형태는 렌가와 같지만 까다롭고 복잡한 규칙이 없는데다가 듣는 사람으로 하여금 저절로 미소짓게 하는 해학적인 내용을 담고 있다. 하이까이는 원래 웃음, 해학을 뜻하는 한어(漢語)에서 나온 말로, 하이까이렌가란 '해학적인 렌가'라는 의미이다. 하이까이렌가는 렌가를 패러디하고 당대의 저속한 웃음을 도입하고, 렌가에서 소외되어온 일상의 속어들을 자유롭게 구사하였다. 1495년 발간된 『신찬 렌가집』(新撰筑玖波集)에는 지금껏 렌가의 일부분으로 인식되어왔던 하이까이렌가 부문이 없어지는 커다란 변화가 생겼는데, 이로써 하이까이렌가는 종래의 렌가와는 전혀 다른 별개의 독립된 문예로 인정받게 되었다. 에도(江戶, 1603~1867)시대가 되면서 하이까이렌가는 그 규모가 전국적으로 확대되고 조직화되어 문예의 한 장르로서 그 지위를 획득하고 새로운 발전의 양상을 보인다. 하이까이렌가는 바쇼오가 활약한 시대에는 '하이까이'로 불렸고, 메이지(明治, 1868~1912) 37년(1904) 이후로는 '렌꾸'(連句)라는 말로 정착되었다.

렌꾸는 대부분 3, 4명 내지 5, 6명의 사람이 한자리에 모여 5-7-5와 7-7의 구를 교대로 이어 읊어가는 것으로, 36구나 100구로 한권을 완성한다. 100구를 가지고 한권을 만드는 것을 햐꾸인(百韻)이라 하고, 36구를 가지고 한권을 만드는 것을 카센(歌仙)이라 하는데, 카센 형식은 바쇼오가 활약한 17세기 말에 주류를 이루었다.

바쇼오의 하이까이집 『원숭이의 도롱이』(猿蓑, 1691)를 실례로 렌꾸의 형식을 살펴보면 다음과 같다.

렌꾸

제1구(홋꾸, 5-7-5)

저잣거리는 갖가지 냄새 가득하다, 여름달

市中はもののにほひや夏の月

—본쬬오(凡兆)

제2구(와끼꾸脇句, 7-7)

덥다 덥다 대문마다 들리는 소리

あつしあつしと門々の聲

—바쇼오

제3구(다이산第三, 5-7-5)

두번째 풀매기도 하기 전에 벼이삭이 나와

二番草取りも果たさず穗に出て

—교라이(去來)

(…)

제36구(아게꾸擧句, 7-7)

안개 끼고 바람도 없는 낮의 졸리움

かすみうごかぬ晝のねむたさ

—교라이

5-7-5의 시형으로 시작되는 렌꾸의 첫번째 구는 발단이 되는 구라 하여 '홋꾸'(發句)라 하였고 렌꾸의 시작이라는 의미에서 매우 중요시되었다. 보통 한자리에 모여 시를 공동제작하는 사람들에 대한 인사로서 즉흥적으로 읊어졌는데 스

케일이 크고 격조있으며, 계절감을 느낄 수 있는 풍물을 담고 있었다.

『원숭이의 도롱이』에서 홋꾸는 '저잣거리에 사람들의 땀냄새, 음식냄새가 가득하고 거기에 여름달이 살짝 모습을 드러내고 있다'는 내용으로, 열기로 가득 찬 저잣거리 풍경을 시원한 느낌을 주는 여름달과 함께 그리고 있다. 이 홋꾸를 감상한 두번째 구의 작자는 여름날 해는 졌지만 아직 더위가 남아 있는 저녁녘을 떠올리고 그 발상을 바탕으로 '집 밖에서 덥다고 이야기를 주고받는 사람들'의 정경으로 전환했다. 그러자 세번째 구의 작자는 두번째 구의 배경을 저잣거리에서 농촌으로 바꾸고, '풀매기도 하기 전에 벼이삭이 자라나버렸다는 이야기를 주고받는 장면'으로 설정해 구를 잇고 있다.

이런 식으로 마에꾸(前句, 앞의 구)의 시정(詩情)을 바탕으로 새로운 구를 구상해가는 것이 렌꾸이다. 렌꾸는 같은 주제를 피하여 구마다 주제를 변화시켜가므로 주제나 내용에서 일관된 질서나 정서는 찾아볼 수 없다. 그러나 렌꾸에서는 작자와 감상자가 이원적으로 대립하는 것이 아니라 작자인 동시에 독자가 되어 서로의 마음을 주고받는다. 그러므로 집단과 개인의 조화가 중시되고, 제작해가는 과정에 비중을 두는 특징을 가지고 있다.

에도시대에 활약한 마쯔오 바쇼오는 렌꾸의 명인으로 문

하의 많은 제자들과 함께 렌꾸를 많이 읊었는데, 특히 홋꾸에 관심을 기울였다. 바쇼오는 유희적이고 희희낙락하는 하이까이렌가에서 탈피해 쓸쓸한 것이나 아름다운 것, 인간 본연의 참모습을 5-7-5라는 단 하나의 구 안에 훌륭하게 담아냈다. 바쇼오로 인해 홋꾸는 비로소 독립된 시 양식이 된 것이다. 바쇼오가 죽은 후, 에도시대 중기에는 요사 부손이, 말기에는 코바야시 잇사가 나타나 뛰어난 작품을 많이 만들었다.

메이지시대가 되면서 세상은 급변하였다. 기모노를 입고 가마를 타고 다니던 사람들이 서구문물의 영향으로 양복을 입고 기차를 타게 되었다. 마사오까 시끼는 이러한 새로운 물결 속에서 개혁을 시도했는데, 홋꾸를 하이꾸라고 명명한 것도 그였다. 그는 어떤 말이 전개될지 예측할 수 없는 렌가의 세계를 유희적이라 비판하고, 렌꾸의 홋꾸만을 떼어내 하나의 문예로서 독립시켰다. 이것은 문학이란 일정한 테마와 개성을 갖는다는 유럽적인 발상을 따른 것으로, 하이꾸도 개인의 감정표현을 담아내야 한다고 생각한 것이다. 시끼는 자립한 근대문학으로서 하이꾸의 기반을 '자연의 사생(寫生)'을 중심으로 다져갔다.

그후 시끼의 후계자가 된 타까하마 쿄시(高浜虚子, 1874~1959)는 화조풍영(花鳥諷詠, 춘하추동 사계의 변화에 따라 일어나는 자연계의 현상 및 인간 세상의 일을 읊는 것으로, 일본의 전통사상과 시가의 전통을 바탕으로 함)을 이상으로 하는 사생의 방법론을 제시하였다. 이에 대해 신경향 하이꾸·신흥 하이꾸·인간탐구파·사회성 하이꾸 등 수많은 유파가 시끼와 쿄시의 사생 중심 방법론에 반기를 들었다. 그러나 오늘날까지 주류를 이루는 것은 여전히 사생 중심의 방법론이다.

세계에서 가장 짧은 시라고 일컬어지는 하이꾸는 이렇게 명맥을 이어오고 있다.

하이꾸의 특성

침묵의 시

이어령(李御寧)은 『축소 지향의 일본인』(문학사상사 2003)이라는 책에서 무엇이든지 짧아지고 축소되는 일본문화의 특성을 흥미롭게 지적하고 있는데, 이러한 특성은 일본인의 생활양식과 정신세계에서 쉽게 찾아볼 수 있다. 일본인의 정신세계에 중요한 영향을 끼친 선(禪)사상은 얼마만큼 침묵에 가까워지느냐를 중요시한다. 그 침묵 이전의 마지막 남은 것이 일본 고유의 본질적인 것이다.

하이꾸 역시 5-7-5라는 간결한 시형과 리듬으로 이런 일본인의 특성을 잘 나타내준다. 점차 응고되어 마지막에는 침묵에 가까워지는데, 남겨진 여백 속에서 많은 것을 느끼게 한다. 하이꾸는 애초부터 누군가에게 의미나 내용을 전달하고 이해시키기 위한 것이 아니었기 때문에 의미와 내용에는 주안점을 두지 않는다. 최대한 응축하고 쓸모없다고 생각되는 부분은 잘라 없애 그 없어진 부분만큼 무한하고 넓은 영원의 세계가 떠오르게 한다.

'영원'이라는 개념을 뭐라고 딱 잘라 말하기는 어렵다. 영원을 어딘가에서 찾아내 표현하려고 한다면, 그것은 도리어 순간 속에서 찾을 수밖에 없는지도 모른다. 이런 역설을 실현할 수 있는 게 하이꾸라는 형식인 듯싶다. 하이꾸는 지움으로써 부각하려는 것이며, 그렇기에 침묵에 가까워질 수밖에 없다. 지극히 짧은 말 속에 하나의 진실한 맛을 넣는 것, 여기에 담긴 진실이 바로 하이꾸의 중요한 정신일 것이다.

해학적인 형식의 시

흔히 하이까이는 해학적이라고 한다. 하이까이가 와까에서 배제된 말, 즉 하이곤(俳言, 와까에서는 사용하지 않는 통속적인 말. 속어)을 아무렇지 않게 사용한다는 의미에서 기발하고 해학적이라는 것이다.

와까는 하이꾸와 달리, 주제가 정해져 있고 말 또한 지극히 가려서 사용했다. 선별된 아름다운 일본어만 써야 하고, 한어(漢語)를 사용해서는 안되었다. 와까는 중국문화 도입의 절정기에 만들어져, 당시의 사람들은 아주 자연스럽게 한자와 한어를 사용하였다. 그럼에도 불구하고 와까에는 중국의 한자어는 전혀 사용되지 않았다. 일종의 국수주의의 발로라고나 할까. 와까의 발상은 중국에서 받아들인 것이었지만 말만큼은 양보할 수 없다고 여겼던 것이다.

그뿐만 아니라 와까에는 불교어, 산스크리트, 그리고 당시의 유행어나 비속어 등도 전혀 사용되지 않았다. 그만큼 순수한 세계를 지향한 것이기는 했지만, 제한된 것이 많아 편협한 점도 있었다. 이에 비해 하이까이는 통속적인 말이나 속어를 태연하게 사용했다.

의외성과 당연성

하이까이는 표현에 있어서도 와까와 다른 정체성을 확립했다. 바쇼오는 하이까이의 어휘나 문체가 와까와 같아서는 안된다고 하였다. "그렇게 진부한 표현을 한다면 와까와 다를 바가 없지 않은가? 하이까이는 하이까이다." 와까의 중요한 미감이나 세계관은 남기되, 새로운 아이디어를 가지고 새롭게 표현해야 한다는 말이다.

그 새로움이란 '말과 말이 이어져 펼쳐지는 의외성'이다. 의미나 내용은 와까의 세계와 연결되지만, 하이까이에서 중요한 것은 '표현'으로 말 속에 새로운 발견과 의외성이 없으면 안된다는 것이다. 예를 들어 '구름 한점 없이 파란 가을하늘'을 구로 나타낼 때 아주 색다르고 재치있게 표현하지 않으면 하이꾸의 맛이 나지 않는다. '가을하늘이 파랗다'고만 표현된다면 더이상 상상력이 확대되지 않는다. 그렇기 때문에 하이꾸는 지극히 섬세하고 신선하며, 이 말의 느낌이 아니고서는 도저히 표현할 수 없을 듯한 말로 그려냄으로써 대상을 재발견해야만 한다.

하이꾸의 또다른 특성으로 당연성이 있다. 고또오 야한(後藤夜半, 1895~1976)의 명구(名句) "폭포 위에 큰 물이 나타나서 떨어지는구나"(瀧の上に水現れて落ちにけり)라든지, 현대 하이진(俳人, 하이꾸를 짓는 사람) 이이다 류우따(飯田龍太, 1920~)의 "1월의 강 1월의 계곡 속"(一月の川一月の谷の中) 등을 보아 알 수 있듯이, 누구나 다 아는 지극히 당연한 사실을 표현하고 있는데, 이것 또한 하이꾸의 본질이라고 할 수 있다. 말하자면 보편적으로 알려져 있는 사실이나 진리를 새삼스럽게 표현함으로써 감동을 주는 것이다.

하이꾸의 약속

하이꾸에는 우리들이 보통 사용하는 산문투의 말에서와는 다른 하이꾸만의 독특한 기법에 의한 시적인 표현이 있다. 하이꾸의 매력을 알고 그 세계의 문을 열기 위해선 하이꾸의 세 가지 약속을 알아둘 필요가 있다.

5-7-5의 정형

우리나라 민요「아리랑」의 구절 '아리랑 아리랑 아라리요'

라든가 '청산리 벽계수야 수이감을 자랑마라'와 같은 시조에서도 알 수 있듯이 우리말의 기본운율은 3-4조가 대부분이다. 이에 비해 일본어는 주로 5-7의 리듬이 중심을 이루고 있다. 시에서뿐만 아니라 대중가요, 텔레비전의 광고나 선전문구 등에서도 5-7이나 7-5의 리듬을 쉽게 접할 수 있다. 예를 들면, 외국어학원 간판에서 흔히 볼 수 있는 '영어회화'는 우리말로는 4자로 나타내지만, 일본어로는 '에이까이와'(英會話)라고 하여 5자로 표현하는 것만 보아도 잘 알 수 있다.

이처럼 일본인에게 5음과 7음은 친근감을 주는 유쾌한 리듬이다. 쉽게 귀에 들어오고 쉽게 외울 수 있어서 오랫동안 기억된다는 것이다. 특히 글자가 없었던 옛날에는 입에서 입으로 말을 전달할 수밖에 없었기 때문에, 쉽게 외울 수 있는 형태로 노래하듯이 암송하여 전달했고 그러다 보니 외우기 쉬운 리듬이 필요했던 것이다. 일본의 옛 시가(詩歌) 중에는 5-7-5로 되어 있지 않은 것도 있었으나, 차츰 통일되어 5-7-5의 리듬이 중심을 이루게 되었다. 하이꾸는 이 5-7-5(17자)만으로 완성되는 시이다. 바쇼오의 유명한 하이꾸 "후루이께야/카와즈 토비꼬무/미즈노오또"(古池や/蛙飛び込む/水の音)에서 볼 수 있듯이 읽을 때에도 "후루이께야(오래된 연못)/카와즈 토비꼬무(개구리가 뛰어든다)/미즈노오또(물소리)" 식으로 끊어서 읽어준다. 5-7-5자로 띄어서 읽으면 오

래된 연못에 개구리가 뛰어들어 물소리가 나는 정경이 잘 떠오른다는 것이다. 일본사람들은 어렸을 때부터 5자, 7자, 5자를 손가락으로 세어가며, 직접 하이꾸를 읊고 다른 사람이 지은 하이꾸를 감상하기도 한다.

그러나 하이꾸에는 5-7-5의 정형을 지키지 않는 '자유율 하이꾸'도 있다. 5-7-5보다 긴 구를 '지아마리'(字餘り, 글자수가 남아돈다는 뜻)라고 하고, 5-7-5보다 짧은 구를 '지따라즈'(字足らず, 글자수가 부족하다는 뜻)라고 한다. 5-7-5의 정형 하이꾸는 안정감은 있으나 긴장감이 없어 타성에 젖기 쉽다는 약점이 있고 정형에서 벗어난 자유율 하이꾸는 자유롭게 표현할 수 있다는 장점이 있다.

자유율 하이꾸로는 5-8-5와 같이 정형에서 약간 어긋난 것도 있지만 어긋나는 방식이 눈에 띄게 대담한 것도 있다. 특히 현대에 들어와 사람들의 표현욕구가 다양해지면서 정형에서 어긋난 파조(破調)의 구가 많아졌다. 이러한 구들을 보면 친숙하고 유쾌한 리듬을 일부러 깨뜨림으로써 자신의 표현욕구를 강하게 나타내고 있다. 그러나 아무리 자유롭게 만들었다 할지라도 5-7-5의 리듬을 의식하고 있어서, 8-12-6이라든가 3-15-4라는 자유율은 있지만 50-12-30의 리듬은 없다.

키고季語

하이꾸에서 계절을 상징하는 시어를 '키고'라고 한다. 하이꾸는 키고를 반드시 집어넣도록 되어 있으나 근대에 들어와 키고가 없는 구도 많아졌다. 그래서 키고가 없는 구를 '무끼(無季)하이꾸'로 구별하여 부른다.

일본인은 일찍부터 사계절의 풍물을 시 속에 담아 인간의 갖가지 심정을 표현해왔다. 예를 들면 마쯔무시(松蟲, 청귀뚜라미)의 마쯔(松)에서 마쯔(待つ, 기다리다)를 연상해 마쯔무시를 '사람을 기다리는 마음'에 빗대고, 호따루비(螢火, 반딧불)에서 모에루(燃える, 타오르다)를 연상하여 '사랑으로 앓는 마음의 불'을 은유했다.

이처럼 키고는 '사계절의 자연현상만을 가리키는 말이 아니라, 거기 내포된 문학적 심상이 배어나와 형성된 시어'라는 것을 염두에 둘 필요가 있다. 사람들은 '벚꽃' 하면 떨어지는 모습을 아쉬워하며, 변해버린 사람들의 마음에 대한 원망이나 무상한 세상을 한탄하는 이미지를 오버랩시킨다. 또 '달'을 보면 보름달 같은 아름다운 미인의 얼굴을 연상하며 덧없는 세월을 한탄하거나 멀리 떨어진 친구를 생각하기도 한다. 이처럼 사계절의 풍물·자연과의 섬세한 교감을 통해 일상생활 속에서 각 시기에 맞는 풍류가 이상화되었다.

이렇듯 키고는 고대로부터의 전통적인 이미지에 그 시대의 서정이 투영되어 형성된 미의식과 감성의 결정체로, 그 속에는 자연관·종교관 등이 담겨 있다. 그래서 하나의 키고는 수많은 이미지를 떠오르게 하는 기폭제 역할을 한다.

이러한 키고를 수집·정리해놓은 것이 『사이지끼』(歲時記, 신년·춘하추동의 계절감각을 환기할 수 있는 언어를 망라한 하이꾸 창작의 기본 참고서)다. 바쇼오의 시구를 예로 들어 키고를 살펴보자.

오래된 연못이여, 개구리 뛰어드는 물소리
古池や蛙飛び込む水の音

이 구의 키고는 '개구리'(蛙)이다. 그렇다면 개구리는 사계절 중 어느 때를 가리키고 있는 것일까? 『사이지끼』를 보면, 개구리는 '중춘'(仲春, 음력 2월경)에 땅에 나온다고 씌어 있다. 말하자면 그때까지 땅속에서 겨울잠을 자던 개구리가 경칩이 되어 지상으로 나온다는 것이다. 그러므로 이 구에서는 개구리라는 키고를 매개로 하여 약동하는 봄의 생명력을 표현하고 있다는 것을 감지해야 한다. 이것이 바로 키고의 역할인 것이다.

이처럼 키고는 짧은 시형으로는 다 표현할 수 없는 풍부한 여정(餘情)을 효과적으로 전달하여 작자와 독자 간에 공감대를 형성하는 파이프 역할을 해준다. 그 문학적인 효용이야말로 홋꾸·하이꾸가 키고를 필수요건으로 하는 가장 큰 이유라 할 수 있다.

그러나 과학문명 발달과 도시화의 진전에 따라 계절감이 상실되어가는 오늘날, 키고가 어디까지 그 효용가치를 발휘할 수 있을까는 앞으로의 남은 과제라 할 수 있겠다.

키레지 切字

키레지는 말 그대로 '구를 끊어주는 글자'로, 구의 끝이나 중간에 사용되어 끊는 역할을 하는 조사나 조동사를 가리킨다. 즉 표현을 끊어주는 기능을 하는 것인데, 5-7-5의 음률을 어느 한 단락에서 강하게 끊어줌으로써 각 부분의 독자성을 높이고, 산만하고 장황한 말투를 없애 하이꾸와 같은 단시형 문학에 독자적이고 풍부한 표현성을 키워준다. 대표적인 키레지로는 감동·기쁨·의문을 나타내는 야(や, ~이여), 가벼운 놀라움을 표시하는 카나(かな, ~로다), 단정적인 생각을 표현하는 케리(けり, ~구나) 등을 들 수 있는데, 원만한 모음 a, 날카로운 모음 i, 강한 자음 k, 울림이 좋은 r과 함께 부드럽고 순하게, 또는 날카롭게 끊어주기에 적당한 말들이라는 것을 알 수 있다.

그러면 키레지를 사용하여 구를 끊어주는 이유는 무엇일까? 하이꾸는 5-7-5와 7-7을 교대로 읊으면서 구를 만들어 가는 렌꾸의 첫번째 구인 '홋꾸'에서 독립하여 발생한 것임은 앞서 주지한 바인데, 홋꾸가 독립된 문학으로서 발전하기 위해서는 여러가지 조건이 필요했다. 그중 하나가 이 키레지의 기능이었다. 17자로 정해져 있는 짧은 시로는 삼라만상을 표현하기가 쉽지 않았기 때문에 생각해낸 것이 특정한 말을 사용하여 구를 도중에 끊어주는 방법이었다. 말하자면 키레지로 구를 끊어줌으로써, 여운을 남기고 짧은 시의 공간을 극대화하는 것이다. 이리하여 하이꾸는 17자임에도 불구하고 산문보다 방대한 메시지를 담을 수 있게 된 것이다. 이것이 바로 키레지의 효과이다.

앞에서 본 바쇼오의 하이꾸에서 키레지는 무엇일까? 이 구의 키레지는 '古池や'의 'や'로, 일단 여기서 한번 끊어준다. 키레지 'や'를 사이에 두고 '오래된 연못'이라는 정적인 세계와 '개구리가 뛰어드는 물소리'라는 봄의 생명력과 약동감이 넘치는 동적인 세계가 대비된다. '오래된 연못'에서 연상되는 것은 사람들의 손길이 닿지 않아 가꾸어지지 않은 초라한 웅덩이와 같은 연못이고, '개구리가 뛰어드는 물소리'란 경칩이 되어 뛰어나온 개구리를 소재로 자연의 고동을 청

각을 통하여 포착한 것인데 개구리가 물에 뛰어드는 소리는 조용히 귀기울여 듣지 않으면 들을 수가 없는 것이다. 즉 이 구는 영원한 정적만이 있을 것 같은 '연못의 시각적인 이미지'와 '개구리 소리라는 청각적인 이미지'를 대비시킴으로써 순간적으로 정적인 세계에서 동적인 세계로, 동적인 세계에서 다시 정적인 세계로 이끌어준다.

이렇듯 복잡한 내용을 전달하는 데에는 구의 단절로 표현 구조를 복식화(複式化)하는 게 중요하기 때문에 구를 어디서 끊어주는지 반드시 알아야 한다. 하이꾸의 17음을 도중에 한 번 끊어주는 형태로는 다음과 같은 것들이 있다.

① 상5(키레지)+중7+하5

유채꽃이여, 달은 동녘 지평에 해는 서산에

菜(な)の花(はな)や/月(つき)は東(ひがし)に日(ひ)は西(にし)に

—부손

② 상5+중7(키레지)+하5

밤이 새도록 추풍에 귀를 기울이누나, 뒷산

よもすがら秋風(あきかぜ)聞(き)くや/裏(うら)の山(やま)

—소라(曾良)

이것들은 주로 도치적인 표현효과가 있다. 또 17음을 상·중·하로 이어 읊되 구의 끝에 키레지가 오는 경우가 있다.

③상5+중7+하5(키레지)

밥알로 찢어진 보온용 종이옷을 붙였구나

めし粒(つぶ)で紙子(かみこ)の破(やぶ)れふたぎけり

—부손

길가의 무궁화 말에게 먹히고 말았구나

道(みち)のべの木槿(むくげ)は馬(うま)に食(く)はれけり

—바쇼오

이처럼 구의 끝에 키레지가 오는 경우에도 단일한 구조의 표현은 아니라는 점에 유의할 필요가 있다. 말을 마치고 난 다음에 환기되는 여정이 다시 한번 구 전체에 반향을 불러일으키므로 이것 역시 복식구조인 것이다.

그러나 근대 하이꾸에서는 전통적인 키레지 'や' 'かな' 'けり'가 진부하다고 해서 피하는 경우도 많다. 키레지를 사용하지 않고 구 안에서 의미상 단락이 지어져 끊어지는 부분, 즉 '키레'(切れ)를 이용하여 키레지와 다름없는 효과를 얻는 것이다. 예를 들어 모리 스미오(森澄雄, 1919~)의 "강가에서 백도를 벗기니, 물이 흘러서 가네"(磧にて白桃むけば水過ぎ行く)라는 하이꾸는 키레지 'や'를 넣어 '백도를 벗기네'(白桃むけや)라고 끊어줄 수도 있는데도 불구하고 일부러 '백도를 벗기니'(白桃むけば)로 써서 단락이 끊어지도록 하였다. 이처럼 얼핏 보면 키레지가 없는 듯 보이지만 반드시 구의 단락을 끊어주는 곳이 있다.

지금까지 살펴보았듯이, 하이꾸의 3대 약속은 5-7-5(17음)의 정형·키고·키레지라고 할 수 있다. 이 세 가지가 필수 조건이지만, 특히 단시형의 시에 시성(詩性)을 부여하는 것은 바로 키레지의 존재라고 할 수 있다.

하이꾸의 영향

메이지시대 이후 하이꾸가 해외에 소개되면서 서구의 이미지즘(imagism, 낭만파에 대항하여 1912년경 일어난 시운동)과 릴케(R.M. Rilke, 1875~1926)의 시작(詩作) 활동에 영향을 준 것은 이미 잘 알려진 사실이다. 또 해외에 거주하는 일본인이 많아지면서 해외에서 하이꾸를 읽는 사람들이 증가하고, 하이꾸에 매력을 느낀 외국인이 자기의 모국어로 하이꾸를 모방한 단시(短詩)를 짓는 일도 늘어나고 있다.

19세기 말에서 20세기 초에 걸쳐 서구에 하이꾸를 알리는 데 최대의 공헌을 한 사람은 토오꾜오(東京)대학의 객원교수였던 챔벌린(B. H. Chamberlain, 1850~1935)이었다. 그후 가꾸슈우인(學習院)대학 교수였던 블라이스(R. H. Blyth, 1898~1964)는 『하이꾸』(*Haiku*)라는 책을 출판하여 영어권에 하이꾸를 소개하였다. 그러나 그가 소개한 하이꾸는 3행 또는 2행의 음률이 없는 시로 번역되어, 일본어의 17음의 정형과 키레지는 살릴 수가 없었다. 다만 하이꾸 특유의 선명한 이미지와 압축의 미는 전해졌다.

블라이스에 의해 하이꾸가 소개되면서 미국의 대시인 에즈러 파운드(Ezra Pound, 1885~1972)가 하이꾸에 관심을 갖고 자신의 문학에 도입했고, 엘리어트(T. S. Eliot, 1888~1965)에게 영향을 주었다. 미국에서 태어난 파운드는 20대에 영국으로 건너가 런던에서 전위주의의 리더로 화려하게 활동하다가 나중에 빠리와 이딸리아를 거치면서 비운의 인생을 살았다. 그가 런던에서 이미지즘 운동을 전개할 때 발단이 된 것이 하이꾸였다.

파운드는 에도시대 초기의 하이진 아라끼다 모리따께(荒木田守武, 1473~1549)의 구 "떨어진 꽃잎 나뭇가지로 되돌아가 바라보니 나비였네!"(落花枝にかえるとみれば胡蝶かな)를 이렇게 풀이했다. "봄날 바람에 꽃잎이 하늘하늘 허공에 떨

어진다. 그런데 지는 꽃잎 하나가 나뭇가지 위로 펄럭이며 또다시 올라가는 게 아닌가? 놀라서 자세히 보니 그것은 꽃잎이 아니라 나비! 실은 하늘하늘 날아 올라가는 나비가 가지에 앉은 것으로, 내 눈의 착각이었다." 파운드는 이 하이꾸에 자극을 받아 새로운 시운동을 시작했다고 한다.

파운드는 일생 동안 긴 시를 쓰느니 단 한 작품이라도 선명하고 강렬한 이미지를 발견하는 것이 중요하다고 생각하여 이미지즘 운동을 일으켰다. 파운드는 하이꾸의 시각적인 요소에 주목했는데, 극단적으로 압축된 이미지를 시각적으로 제시하는 하이꾸를 통해 '사상성·의미성'이라는 서양적인 중압감에서 벗어난, 새로운 언어와 시의 가능성을 발견한 것이다.

하이꾸의 영향을 받기 이전의 서양시는 주로 신에 대한 감정이나 인간의 애정과 증오 등의 소재를 사상적으로 풀어낸 긴 시가 많았다. 이에 비해 하이꾸는 자연 속에 있는 인간이 어떻게 살아가는가를 사상적으로 어렵게 접근하지 않고 자연에 대한 사랑을 통해 간결하게 노래한다. 이러한 하이꾸의 영향으로 서양에서도 일상생활 속에서 자연과 교감하고 그것을 시로 담아내는 일에 관심이 높아져 짧은 시를 쓰는 사람들이 많아졌다고 한다.

또 하이꾸의 영향으로 주목할 만한 것은 하이꾸가 가진 대

중성·서민성이었다. 요컨대 누구라도 시인이 될 수 있다는 것이다. 당시만 해도 시인이란 독창적인 개성을 가진 사람만이 될 수 있다는 이미지가 강했다. 그렇기 때문에 누구나 어렵지 않게 시를 만들 수 있다는 하이꾸적 발상이야말로 시의 혁명이었다. 오늘날 미국과 중국에는 하이꾸협회가 생겨나 일반인이 적극 참가하고 있다고 한다. 이것은 바로 하이꾸의 의미가 단지 감상에 그치지 않고 직접 참가하여 창작하는 데 있다는 것을 보여주는 좋은 예라 하겠다.

선의 시점

특히 미국을 중심으로 한 서양이 하이꾸에 관심을 가지게 된 데에는 선(禪)이 매개가 되었다. 케루악(Jack Kerouac, 1922~69)을 비롯한 여러 사람들이 하이꾸를 선과 연관된 정신문화로서 받아들였다. 블라이스나 스즈끼 다이세쯔(鈴木大拙, 1870~1966)는 서양인을 위해서 영문으로 선에 관한 논문을 많이 썼는데, 거기에 하이꾸를 소개하였다. 서구에서는 이들을 통해 선이라는 관점에서 하이꾸를 읽기 시작했다.

바쇼오의 "황매화여, 개구리 뛰어드는 물소리"(山吹や蛙飛び込む水の音)에서 개작된 "오래된 연못이여, 개구리 뛰어드는 물소리"(古池や蛙飛び込む水の音)의 구에 대해 케루악은

'山吹'보다 '古池'로 바꾼 점을 높이 평가하고, 그 이유에 대해서 "황매화를 지우면 배경이 사라져 연못에 집중할 수 있고, 또 개구리에 독자의 시점이 집중되어 소리를 포착할 수 있다. 그로 인해 한적함과 정적이 생겨나는 것이며, 바쇼오가 어떤 정경(情景)에 끌리고 있는가도 알 수 있게 된다"라고 설명하고 있다. 말하자면 케루악은 지우는 것, 부정하는 것에서 크고 긍정적인 것이 나온다고 보고, 이것이 선의 무(無)와 닿아 있다고 생각한 것이다. 서구의 전위적인 시인이 현대 하이진도 아닌 바쇼오의 구에 대단히 감동을 받았다고 하는 이야기는 자못 흥미롭다.

이와 같이 서양에서는 아직도 선의 시점으로 하이꾸를 독해하는 경향이 강하게 남아 있는데, 이것은 서양사람들이 하이꾸를 감상하기 위해서 생각한 하나의 편법이라고 볼 수 있다. 하이꾸를 선의 관점으로 읽는 것도 한 방법이지만 거기에도 나름의 문맥이 있다. 하이꾸를 선으로만 설명하기란 어려운 것이며, 하이진들이 선종의 승려로서 하이꾸를 만든 것은 아니기 때문이다.

하이꾸가 아무리 다의성(多義性)을 가진 장르라 해도 멋대로 읽어서는 안된다. 앞서 얘기했다시피 하이꾸에는 몇가지 약속들이 있다. 키고가 있고, 키고에는 각각의 혼이(本意, 일본시가의 전통 속에서 공인된 것으로 대상이 갖는 가장 이상적인 본연의 모습을 뜻함)가 있어 이를 알아야 하고, 읽는 순서도 있기 때문에 생각보다 그리 간단하지만은 않다. 외국인의 경우 아무런 사전지식 없이 영어로 번역된 '오래된 연못이 있어서 거기에 개구리가 뛰어들어 물소리가 났다'는 구를 읽으면 "그게 어쨌다는 거야?" 하고 물어볼지도 모른다. 그러나 일본인이라면 고개를 끄덕일 것이다. 이렇게 하이꾸를 해독하는 데는 해석의 전통과 순서가 필요하며 제대로 된 하이꾸의 시학을 확립하는 것은 여러 의미에서 중요하다.

하이꾸 작품 감상

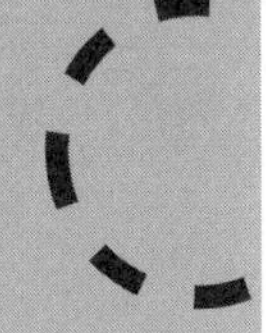

하이꾸의 역사를 만든 하이진

무수한 작품들 중에서 명구(名句)로서 애송되고 있는 하이꾸란 어떤 것일까? 그것은 바로 사람들의 삶 깊숙이 파고들어 공감대를 형성하고 시정을 불러일으키는 것이라 할 수 있다. 모든 시는 '인간의 고뇌의 산물'이란 말이 있듯이, 일상의 애환과 선인들의 아픔이 깊게 서려 있는 명구는 우리들 가슴속의 어떤 향수를 자극한다.

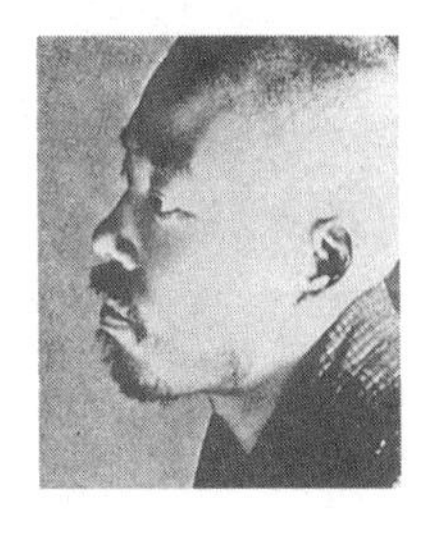

◀ 왼쪽부터
바쇼오·부손·잇사
시끼·쿄시

하이꾸의 역사를 만든 대표적인 하이진으로는, 마쯔오 바쇼오, 요사 부손, 코바야시 잇사, 마사오까 시끼, 타까하마 쿄시 등이 있다. 작자의 생애와 의도를 헤아리면서 구를 읽어보기로 하자.

마쯔오 바쇼오

(松尾芭蕉, 1644~94)

조선시대 통신사의 일행으로 일본에 건너간 우리나라의 한 사신이 지방의 장군을 만나기 위해 나고야(名古屋)의 어느 여관에 머물렀을 때의 이야기이다. 여관 주인이 조선에서 온 학식이 높고 덕망있는 사신에게 부채를 내밀며, "여기에 아무것이라도 좋으니 한글자 써주십시오"라고 부탁을 하자, 그는 빙그레 웃으며 바쇼오의 구를 한수 써내려갔다고 한다. 이것은 에도시대의 요꼬이 야유우(横井也有, 1702~83)의 수필에 나오는 이야기인데, 하이꾸의 명인인 바쇼오의 명성은 우리나라에까지 퍼져 있던 것일까?

바쇼오는 에도시대를 대표하는 문학자로, 한낱 말장난에 불과했던 초기 하이까이에 자연과 인생의 의미를 담아 심오하게 그려낸 작품을 후세에 많이 남긴 시인이다. 바쇼오는 일생 동안 홋꾸를 읊으며 지냈는데, 특히 후반기 작품에서는 일상적이고 평범한 것을 가볍고 자연스러운 어조로 읊는 데 온 힘을 기울였다. 그러한 구를 바쇼오의 '카루미노꾸'(軽みの句)라고 한다. '카루미'라는 것은 '가볍다'(軽い)는 말에서 온 것으로, 일체의 사물을 무겁게 받아들이지 않고 가볍고 자연스럽게 표현하는 것이 좋다는 것이다.

바쇼오는 1644년 이가우에노(伊賀上野, 지금의 미에껜三重縣 우에노시上野市)에서 가난한 하급무사의 차남으로 태어났다. 어렸을 때의 이름은 킨사꾸(金作)였다. 그는 토오도오까즈에 요시따다(藤堂主計良忠)라는 두살 위의 주군을 모시고 있었는데, 주군 요시따다는 하이까이를 좋아했다고 한다. 그 영향을 받아서인지 바쇼오도 구를 읊게 되었다고 하는데, 당시 쓰던 이름은 소오보오(宗房)였다. 그러나 얼마 되지 않아 주군 요시따다가 25세의 젊은 나이로 요절하고 말았다. 이에 바쇼오는 토오세이(桃青)로 이름을 바꾸고, 본격적으로 하이까이를 읊으며 하이진으로 활동하기 시작하였다. 쿄오또(京都)에 있는 스승 키따무라 키긴(北村季吟, 1624~1705)에게 드나들면서 본격적으로 하이까이 수업에 전념했다.

스승인 키긴은 가인(歌人)이자 훌륭한 학자로, 바쇼오에게 폭넓은 지식을 얻을 수 있는 기회를 많이 제공해주었지만, 새로운 하이까이를 지향하는 사람은 아니었다. 바쇼오는 하이까이 구를 모아 1672년 『조가비놀이』(貝おほひ)를 출간하고, 지금의 토오꾜오인 에도로 상경했다. 『조가비놀이』를 출간한 바쇼오는 새로운 물결을 타고 일류 하이진으로 알려지게 되었고, 35세에 이르러서는 하이까이를 지도하는 선생이 되어 안정된 지위와 생활을 누리게 되었다.

당시의 하이까이는 말의 뉘앙스가 중시되는, 기발하고 재치있는 구들이 유행하고 있었는데, 사람들에게 인기가 있었던 것은 웃음을 소재로 하는 해학적인 구였다. 물론 바쇼오도 처음에는 그런 구를 만들었으나 당시의 풍속을 소재로 재미삼아 웃기는 것만으로는 '자신'을 표현할 길이 없다고 생각하게 되었다. 이에 차츰 한계와 회의를 느낀 바쇼오는 37세 되던 해에 하이까이 선생의 생활을 버리고 후까가와(深川) 암자에 은거하면서 새로운 하이까이의 길을 모색하게 된다. 바쇼오는 고독하고 곤궁한 암자생활 속에서 두보(杜甫, 712~770)나 소동파(蘇東坡, 1036~1101)의 시세계에 심취하여 자신의 처지를 돌아보기도 하고, 실제로 느끼는 곤궁한 생활을 한시문(漢詩文)의 예술세계에 비추어보기도 하면서 정신적인 구도에 정진했다. 그 무렵 바쇼오의 제자 리까(李下)라는 사람이 파초나무를 가지고 와서 암자에 심었다고 하는데, 이후로 사람들은 그를 파초(芭蕉) 즉 바쇼오라 부르게 되었다.

바쇼오가 주요하게 생각한 것은 사람의 마음을 심도있게 표현하는 새로운 하이까이의 문제였다. 그리하여 와까 이래 무겁게 가라앉은 전통적 분위기를 버리고, 개구리를 노래함에 있어서도 지금까지 찾아볼 수 없었던 '개구리의 소리'에 초점을 맞추어 살아 움직이는 듯한 감동을 전달하는 데에 힘썼다. 바쇼오는 이러한 생각들을 실현하기 위해 암자를 떠나 여행을 하였다. 암자에서 생각하고 느끼는 관념적인 세계가 아니라, 여행을 하면서 몸소 체험하고 느껴보고자 한 것인데, 그는 이를 구로 만들었다. 바쇼오는 이것을 "松のことは松に習へ、竹の事は竹に習へ" 즉 "소나무의 구를 만들 때는 소나무에서 배우면 되고, 대나무의 구를 만들 때는 대나무에서 배우면 된다"고 말했다. 자연의 이치를 있는 그대로 묘사함으로써 이 세상에 존재하는 식물이나 동물, 인간의 모습을 생생하게 느끼고 표현하려고 한 것이다. 다시 말해 혼이와 혼죠오(本情, 대상이 가지고 있는 가장 본질적이고 고유한 성질)를 느끼라는 것인데, 이것은 바쇼오 구의 큰 특징이라 할 수 있다. 바쇼오 이전의 하이까이는 대상은 제대로 보지도 않고,

지금까지 전해져 내려온 옛 선인들의 노래 속에서 시인들의 생각이나 시상을 찾아내려고 하는 경향이 있었던 것이다.

바쇼오는 일생 동안 많은 여행을 하면서 여행을 할 때마다 하이까이 기행문을 썼는데, 그중 가장 유명한 것은 1689년 동북지방의 여행을 기록한 『오꾸로 가는 작은 길』(おくのほそ道)이다.

오꾸 여행을 마치고 돌아온 바쇼오는 새로운 하이꾸를 만드는 데에 더욱 주력하면서 인간의 심오한 마음을 좀더 가볍고 편안하게 표현하는 작법을 시도했다. 바쇼오는 이 방법으로 단순히 희희낙락하는 하이꾸가 아니라, 인간의 심오한 감정과 느낌을 묘사하는 하이꾸를 많이 읊었다. 당시 바쇼오의 제자 중에는 바쇼오의 흉내를 낸다고 무조건 무겁고 장중한 느낌을 주는 구만 읊으면 되는 걸로 착각하는 사람들이 많았는데, 이에 대해 바쇼오는 슬픈 일이나 괴로운 일, 사람의 깊은 마음이나 감정을 묘사할 때에도 어디까지나 가볍게 나타내는 것이 좋다고 설명해주고 있다. 이러한 바쇼오의 생각은 당시의 하이까이를 크게 변화시켰다.

일생을 여행하며 하이꾸의 새로운 장을 연 바쇼오는 1694년 10월 12일, 편안히 잠들듯 세상을 떠났다. 그의 나이 51세였다. 지켜보던 많은 제자들은 하이까이의 빛을 잃은 기분이었다.

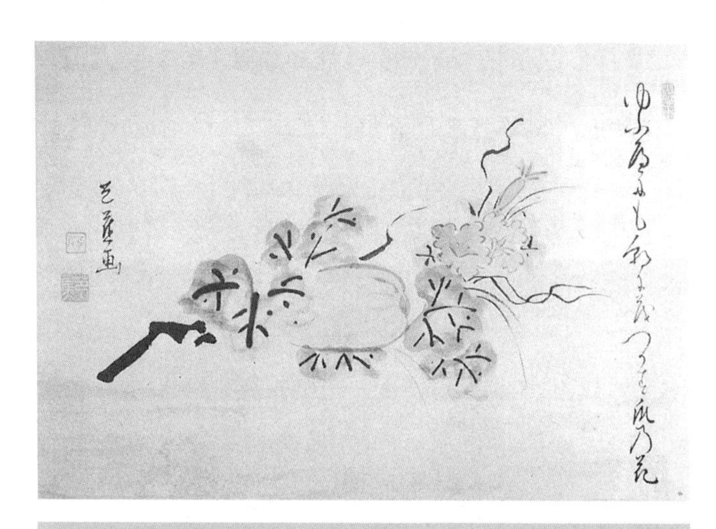

바쇼오의 그림「ゆふべにも」

바쇼오의 명구 감상

길가의 무궁화는 말에게 먹히고 말았구나

みち　　　むくげ　うま　く
道のべの木槿は馬に食はれけり

—『野ざろし紀行』

* 키고 木槿(가을)　키레 食はれけり　키레지 けり

이 구의 키고인 '무궁화'는 백낙천(白樂天, 772~846)의 시에서 '槿花一日自爲榮'라고 읊어진 이후, '아침에 피어서 저녁에 지는 꽃' '하루아침의 꿈' '덧없는 영화'로 비유되어 당시의 와까나 하이까이에서는 무상함을 상징하는 꽃이라는 이미지가 일반적이었다. 그런데 바쇼오는 이처럼 틀에 박힌 이미지를 과감하게 뒤집어엎고 '말이 먹어버렸다'는 사건을 실제로 일어난 일처럼 읊었다. 이것이 이 구의 새로움이다.

말을 타고 토오까이도(東海道, 토오꾜오에서 쿄오또까지의 해안선을 따른 가도街道)를 가다보니 길가에 무궁화가 피어 있었다. 그 모습이 퍽이나 인상적이어서 물끄러미 바라보고 있는데, 타고 있던 말이 갑자기 그 무궁화가지를 덥석 먹어버렸다는 것이다. 하루를 채 기다리지 못하고 말에게 뜯어먹혀버린 무궁화의 덧없는 생명, 무상함에 뜻밖의 일이 던져주는 '의외성'이 더해져 묘한 감흥을 불러일으킨다. 그런데 몇년 전 일본하이까이문학회(日本俳諧文學會)에서 말은 실제로 무궁화를 먹지 않는다는 보고가 있어 흥밋거리가 된 적이 있다. 말이 즐겨먹는 억새나 볏잎이라면 아무 감흥이 없을 일을 바쇼오는 마치 눈앞에서 보는 듯 묘사해 재미를 더해주었다.

산길 오다 나도 모르게 마음 끌리네, 제비꽃

やまじ き なに ぐさ
山路來て何やらゆかしすみれ草

—『野ざろし紀行』

* 키고 すみれ草(봄) 키레 何やらゆかし 키레지 し

바쇼오가 1684~85년에 첫번째 여행을 하고 쓴 『노자라시 기행』(野ざらし紀行)에서 읊은 구이다. 이 구는 발표 당시부터 '눈앞의 광경을 즉흥적으로 노래한 것' '순수한 실감(實感)을 표현한 것' 또는 '작자가 본 대로 느낀 대로 지은 구'라고 하여 많은 사람들의 관심과 평가의 대상이 되어왔다. 제비꽃은 '뜯는다'는 말과 같이 읊도록 되어 있었기 때문에 바쇼오가 산길에 피어 있는 제비꽃을 노래한 이 구는 실로 신선한 충격이었던 것이다.

산길을 걷다보니 제비꽃이 피어 있었다. 그 가련한 자태며, 연한 자줏빛 꽃의 색이며, 그윽하고 우아한 모습에 나도 모르게 마음이 끌린다. 바쇼오는 제비꽃에서 아리따운 소녀

의 모습을 연상하고 있는 듯하다. 단순히 '산길'(山路)과 '제비꽃'(すみれ)이라는 두 가지의 말을 합쳐 만들었을 뿐인데도 이 구의 이미지는 매우 선명하다.

여기서 보듯 하이꾸는 소설처럼 어떤 사물이나 대상에 대해 자세하게 묘사할 여유가 없는데도 불구하고 더 상징적이며 참신하게 다가오는 경우가 많다. 이 구는 한떨기 고운 풀꽃을 보았을 때에 느껴지는 애틋한 정감을 살그머니 표현한 것이다.

자세히 보니 냉이꽃 피어 있는 울타리로다

よく見(み)れば薺花(なずなはな)咲(さ)く垣根(かきね)かな

—『續虛栗』

* 키고 薺花(봄) 키레 垣根かな 키레지 かな

봄이 끝나갈 무렵, 울타리에 하얀색으로 조그맣게 꽃이 피어 있었다. 발길을 멈추고 다가가 보니 냉이꽃이었다. 냉이는 이렇게 가련한 꽃을 피우는구나! 작은 생명 하나에서 존재감을 느끼고 그 가치를 새롭게 돋보이게 하고 있다. 굳이 바쇼오가 거주하는 암자의 울타리가 아니라, 산보하러 나갔다가 남의 집 울타리에서 본 광경으로 해석해도 좋을 것이다.

일본 속담 중에는 "저 사람이 앉았던 자리에는 냉이풀도 안 난다"(あの人のあとにはペンペン草も生えない)라는 말이 있다. 'ペンペン草'란 냉이의 별칭으로 냉이의 강한 생명력과 번식력 때문에 생긴 말인데, 실제로 밭두둑의 냉이를 조금만 방치해두면 얼마 되지 않아 온통 냉이풀로 뒤덮이고 마는 것

을 볼 수 있다. 냉이는 도회지 길모퉁이의 비좁은 공간에서 통행인에게 밟히면서도 꿋꿋하게 가련한 꽃을 피운다. 이 구에는 이런 보잘것없는 잡초를 사랑스런 눈으로 바라보는 바쇼오의 모습이 담겨 있다.

오래된 연못이여, 개구리 뛰어드는 물소리

ふるいけ　かわず と　こ　みず　おと
古池や蛙飛び込む水の音

—『蛙合』

* 키고 蛙(봄) 키레 古池や 키레지 や

일본인이라면 누구나 잘 알고 있는 바쇼오의 유명한 구다. 이 구는 세계적으로도 가장 많이 알려져 있는데, 영어로 번역된 것만 무려 100가지가 넘는다고 한다. '봄이 되어 땅속에서 나온 개구리가 낡고 오래된 연못에 뛰어들어 물소리가 난다'고 하는 단순한 구가 명구로 평가되는 이유는 어디에 있는 것일까?

현대인의 감각에서 보면 그다지 특별할 것이 없는 구이지만, 바쇼오가 이 구를 읊을 당시만 해도 '개구리가 물속에 뛰어드는 소리'라는 표현은 와까나 하이까이에서는 사용하는 것이 아니었다. 와까나 하이까이에서는 '먼곳에서 개굴개굴 우는 개구리'라고 표현하는 것이 상례였던 것이다. 그런데 바쇼오는 '봄이 왔구나' 하는 이미지나 느낌을 '개구리의 울음소리'가 아닌 '개구리가 물속에 뛰어드는 소리'를 통해 표현한 것이다. 이것이 바로 이 구의 새로움이다. 즉 바쇼오는 우리들 가까이에 있는 사물을 주의깊게 관찰하고, 당시의 사람들이 인식하지 못하고 있던 것들을 표현해낸 것이다.

그런데 실제 개구리가 물속에 들어갈 때는 미끌미끌한 피부와 원추형의 체형이 수면에 닿을 때의 충격을 줄여주기 때문에 물결이 일지 않고 거의 소리가 나지 않는다고 한다. 하이까이 연구자 오가따 쯔또무(尾形仂)는 "바쇼오는 개구리가 물속에 뛰어드는 '소리 없는 소리'를 마음의 귀로 들은 것"이라면서 "오래된 연못은 세상 사람들과 동떨어져 한적한 생활을 보내는 초암(草庵)을 상징하는 것으로 여기에 어김없이 찾아온 봄의 고동을 마음의 귀로 들은 것도 새롭지만, 소리 없는 소리를 듣고 생명의 발동(發動)을 포착한 것"이 뛰어나다고 언급하고 있다. 어쨌든 이 구는 많은 사람들로부터 호평을 받았다는 기록이 남아 있다.

문어단지여, 덧없이 허무한 꿈을 여름 달밤

蛸壺やはかなき夢を夏の月

—『笈の小文』

* 키고 夏の月(여름) 키레 蛸壺や 키레지 や

'짧은 여름밤의 달빛이 바다의 수면을 교교하게 비추고 있다. 날이 새면 바다 밑의 문어단지 끌어올려져 잡히고 말 텐데 단지 속의 문어들은 그런 운명도 모르고 속절없이 허무한 꿈을 꾸고 있겠지!'

이 작품은 1688년 5월말 아까시(明石)를 여행했을 때 읊은 것이다. 아까시의 달은 예로부터 가을을 소재로 하는 구에서 슬픔이나 외로움으로 읊어지는 것이 상례였다. 그러나 바쇼오가 아까시를 방문한 시기는 마침 여름이었다. 그래서 바쇼오는 눈앞에 보이는 문어단지를 소재로 하여 여름달을 새롭게 파악하고 읊어낸 것이다. 여름달은 원래 '짧은 여름밤', '날이 쉬 밝아온다'는 이미지와 함께 읊어지는 것인데, 바쇼오는 이 여름달의 허무함을 문어단지라고 하는 새로운 시어와 부합시킴으로써 지금까지의 틀을 깬 것이다.

이 구는 짧은 여름밤의 허무함과 문어단지에서 꿈을 꾸는 문어에 대한 애상을 자연스럽게 연결해 전해준다. 그런 허무한 감정은 나그네 바쇼오가 느끼는 여수(旅愁)와 통하는 것이기도 했으리라.

가는 봄이여, 새 울고 물고기 눈에는 눈물이

ゆくはる　とり な　うお　め　なみだ
行春や鳥啼き魚の目は涙

—『おくのほそ道』

* 키고 行春(봄) 키레 行春や 키레지 や

바쇼오는 46세가 되던 겐로꾸(元祿, 1688~1704) 2년(1689) 봄, 오꾸로 여행을 떠났다. 그때만 해도 긴 여행을 한다는 것은 대단히 위험해서 과연 살아 돌아올 수 있을지 모두가 걱정하는 시대였다. 제자들은 스승의 여행길이 무사하기를 바라며 전송했다. 이 구는 그때에 만들어졌다.

3월의 춘광도 그 빛깔이 다하고 봄이 끝나가는 지금 기약 없는 나그네의 길을 떠나려고 하니, 모두가 작별을 아쉬워한다. 하늘을 날아다니는 새소리에도 애수가 가득하고, 물에서 노니는 물고기의 눈에도 눈물이 어린 듯하다. 나는 가는 봄의 우수 속에서 사람들과의 이별을 아쉬워하며 눈물을 흘린다.

이 구에 대해 타까하마 쿄시는 부처님의 입적을 슬퍼하여 제자와 동물 들이 울고 있는 열반도를 연상하게 한다고 지적하였다. 이 세상이란 잠시 살다 가는 덧없는 곳일 뿐이라고 불교는 가르치지만 일시적인 이별에도 눈물을 감추지 못하는 것이 인간의 마음이다. 여행을 떠나면서 지인들과 이별하는 아쉬움을 자연에 이입하여 가는 봄에 대한 안타까움으로 읊어낸 데에 이 작품의 매력이 있다.

우따가와 히로시게(歌川廣重)의 우끼요에(浮世繪)

정적이여, 바위를 뚫고 스며드는 매미소리

閑(しず)かさや岩(いわ)にしみ入(い)る蟬(せみ)の聲(こえ)

—『おくのほそ道』

* 키고 蟬(여름) 키레 閑かさや 키레지 や

일본 동북지방 야마가따(山形)의 릿샤꾸지(立石寺)라는 산사(山寺)에서 만든 구이다. 천지가 침묵한 완벽한 정적 속에서 매미 우는 소리가 마치 주위의 암석이라도 뚫고 스며들어가듯 나의 마음속에까지 스며들어오는 것 같다. 얼핏 생각해보면 매미가 울고 있는데 어떻게 조용할 수가 있을까 하는 반론도 나올 법하다. 그러나 바쇼오는 이 매미소리를, 주위의 모든 소리와 움직임을 다 흡수하여 일체의 깊은 정적으로 몰고 가는 것으로서 들은 것이다. 적어도 바쇼오에게 있어 이 매미의 소리는 순간적으로나마 전우주를 삼켜버린 것과 다름없는 소리였을 것이다. 무엇보다도 '스며든다'(しみいる)라는 시어로 작자의 마음이 매미의 울음소리와 하나로 융

화되어 정경일치를 표현한 것은 읽는 이의 마음에 깊은 인상을 남긴다. 영국 시인 윌리엄 블레이크(William Blake, 1757~1827)의 시 「순수의 전조」(Auguries of Innocence)의 첫머리 "한줌의 모래에서 세계를 보고/들꽃에서 하늘을 본다,/무한한 세계를 당신의 손바닥 안에서/영원을 한순간 속에서 붙잡아라"가 연상되는 구이다.

카와무라 분뽀오(河村文鳳)의 그림

장맛비를 모아서 빠르구나, 모가미가와

さみだれ　あつ　はや　もがみがわ
五月雨を集めて早し最上川

—『おくのほそ道』

* 키고 五月雨(여름) 키레 集めて早し 키레지 し

오꾸 여행 도중 일본 3대 급류의 하나로 일컬어지는 모가미강(最上川, 모가미가와)을 보고 만든 구이다. 모가미강 주변에는 바쇼오에게 가르침을 받고자 하는 사람이 많이 있었다. 바쇼오는 처음에 "장맛비를 모아서 시원하구나, 모가미가와"(五月雨をあつめて涼し最上川)라고 읊었다. 자신을 기다려 맞아준 사람들에 대한 인사로 "여러분 안녕하세요? 진심으로 환대해주셔서 정말 감사합니다. 모가미강이 장맛비를 한곳에 모아놓은 듯이 한꺼번에 힘차게 흐르는 모습이 얼마나 시원한지 모르겠습니다" 하고 고마움을 표현한다. 그런데 이 구가 발표될 때에는 '시원하다'(涼し)는 말을 '빠르다'(早し)로 바꿨다. 왜냐하면 '빠르다'라는 말이 강물의 흐름을 좀

더 생생하게 전할 수 있다고 생각했기 때문이다. 이와같이 바쇼오는 여행을 계속하면서 눈에 보이는 것들을 포착하여 그때마다 새롭고 생동감 있게 표현해 자신의 하이까이를 발전시켜나갔다.

황량한 바다여, 사도섬에 가로놓인 은하수

あらうみ　さど　よこ　あま　がわ
荒海や佐渡に横たふ天の河

—『おくのほそ道』

* 키고 天の河(가을) 키레 荒海や 키레지 や

역시 오꾸 여행 도중, 음력 7월 칠석날이었다. 이즈모사끼(出雲崎)에서 바라보니, 눈앞에는 검고 거친 파도가 일렁대는 바다가 펼쳐져 있고, 바다 저 건너편에는 사도섬(佐渡島, 예로부터 유배지로 수많은 애사가 얽혀 전해지는 곳)이 보인다. 그런데 하늘을 쳐다보니 사도섬의 한많은 정조와는 상관없이 광막한 밤하늘의 창공에는 은하수가 하얗게 흐르고 있었다. 하늘 가득 은모래를 뿌려놓은 듯 반짝이는 별들의 무리! 마치 천상에서 웅장한 음악이 들려오기라도 할 것 같은 착각에 빠지게 한다. 여기엔 웅대한 자연 앞에서 작게만 느껴지는 인간의 모습과 슬픔이 스며 있다.

바쇼오는 비사(悲史)가 응축되어 있는 '사도'라는 지명에서 역사적 비극의 주인공들의 덧없는 숙명을 느꼈을 것이다. 그리고 일년에 한번 칠석날 밤에만 만나는 견우와 직녀의 이야기를 생각하며, 내륙과 떨어져 사도섬에서 생활하는 사람들을 머릿속에 떠올렸을 것이다.

이 구의 특징은 "섬에서 떨어져 사는 사람들은 얼마나 슬플까?" 하는 마음을, 키레지 'や'를 넣어 끊어주면서 생략·압축하여 그 시적 효과를 높이고 있는 점이다. '황량한 바다여'(荒海や) 하면서 일단 구의 단락을 끊어줌으로써 짧은 시에 무한한 상상력을 펼 수 있는 시간적인 여유를 제공한다. 그리하여 인간의 깊숙한 곳에 자리한 내밀하고 독자적인 상상의 세계로 이끌어주는 것이다. 이것이 바로 키레지의 효과이며, 이로 인해 하이꾸는 짧은 시이면서도 중층적인 시세계를 펼칠 수 있는 것이다.

울적한 나를 더 쓸쓸하게 해다오, 뻐꾹새야

憂(う)き我(われ)をさびしがらせよ閑古鳥(かんこどり)

—『嵯峨日記』

* 키고 閑古鳥(여름) 키레 さびしがらせよ 키레지 よ

뻐꾹새야 울어다오. 세상의 근심, 고통을 이제 다 알고 그 외로움을 음미하려고 하는 나를 너의 구슬픈 울음으로 더욱 쓸쓸하게 하여, 외로움이 사무치도록 해다오.

『사가일기』(嵯峨日記)는 바쇼오가 사가(嵯峨)에 머물면서 쓴 일기를 모아놓은 것인데, 4월 22일자에 이런 내용이 있다. "아침에 잠깐 비가 내렸다. 오늘도 아무도 없이 쓸쓸하게 이것저것 끼적거리며 보냈다. 상을 당한 사람은 슬픔을 주인으로 하고, 술을 마시는 사람은 즐거움을 주인으로 해야 할 것이다. 쓸쓸함이 없으면 세상은 재미가 없다고 하신 가인(歌人) 사이교오(西行, 1118~90)는 쓸쓸함을 주인으로 하였다. (…) 혼자 사는 것만큼 즐거운 것은 없다." "혼자 사는 것만큼 즐거운 것은 없다"라는 대목이 이 구의 주제가 된 듯하다. 알 수 없는 것이 인간의 마음이라고 하던가. 처음에는 쓸쓸하다고 하더니, 나중에는 쓸쓸한 것만큼 좋은 게 없다는 마음의 굴곡이 엿보인다.

부모님이 자꾸만 그리워지네, 꿩 우는 소리

父母(ちちはは)のしきりに戀(こい)し雉子(きじ)の聲(こえ)

—『曠野』

* 키고 雉子(봄) 키레 しきりに戀し 키레지 し

1688년 45세 때, 『바랑 속의 소품』(笈の小文)의 여행 도중 코오야산(高野山)에 올랐을 때 지은 구이다. 산길을 걸어가니 끊임없이 꿩 우는 소리가 들려왔다. 그 소리를 듣고 있자니 나도 모르게 부모님이 생각나 그리워진다. 꿩도 부모가 그리워 울고 있는 것일까? 인간의 마음속에 보편적으로 존재하는 외로움을 꿩의 울음소리를 통하여 노래하고 있는 구이다.

카모노 쪼오메이(鴨長明, ?~1216)의 수필 『방장기(方丈記)』를 보면 '울려 퍼지는 꿩의 울음소리를 들으면 아버지인가 어머니인가 하는 착각이 든다'라는 구절이 있는데 바쇼오의 머릿속도 그런 생각들로 가득했던 것은 아닐까? 바쇼오는 13세에 아버지를 여의고 40세에 어머니마저 잃었다.

카와무라 분뽀오(河村文鳳)의 그림

봄비여, 벌집 타고 흘러내리는 지붕의 누수

はるさめ　はち　す　　うや　もり
春雨や蜂の巣つたふ屋ねの漏

—『炭俵』

* 키고 春雨(봄) 키레 春雨や 키레지 や

봄비가 소리 없이 내리는 어느날이었다. 바쇼오가 살고 있는 암자에는 찾아오는 사람도 없었다. 하루 종일 틀어박혀 있다가 밖을 내다보니 무심코 처마 밑에 시선이 가닿았다. 거기엔 작년에 만들어놓은 벌집이 남아 있었다. '어!' 하고 자세히 보니, 지붕에서 새어나온 비가 그 벌집을 타고 흘러 뚝뚝 떨어지고 있었다. 작년에만 해도 벌이 바쁘게 왔다갔다 했었는데, 이제 그 벌은 간 곳이 없구나! 작은 생물에 대한 생명의 덧없음과 봄의 나른함 속에 내포된 쓸쓸함을 느끼게 해준다. 이 구는 청각적 이미지보다 시각적 이미지에 초점을 맞춰 지붕에서 빗물이 새는 것에 주목한 점이 참신하다.

이 길이여, 행인 하나 없이 저무는 가을 저녁

此道(このみち)や行人(ゆくひと)なしに秋(あき)の暮(くれ)

—『笈日記』

* 키고 秋の暮(가을) 키레 此道や 키레지 や

만추의 저녁 무렵, 끝없이 이어진 길에는 오가는 사람의 그림자도 없고 목소리도 들리지 않는다. 오로지 길 한가닥만이 무한으로 이어져 있는 듯하여, 마음속에 외로움이 솟구친다. '가을도 막바지에 접어들고, 머지않아 겨울이 다가오겠지!'라고 바쇼오는 자문자답하고 있다.

가을 저녁이라고 하면 가을의 키고 중에서도 가장 쓸쓸하게 느껴지는 키고다. 그 쓸쓸함과 고독감은 길 가는 나그네에게 한층 더 애틋한 느낌을 자아낸다. 내용적으로는 인생의 종말을 느끼게 하는 것임에도 수사(修辭)적으로는 가볍고 평범하게 읽히게 하여 그러한 정조를 더해주고 있다.

가을은 깊고 이웃은 무엇을 하는 사람일까

あきふか　となり　なに　　　　ひと
秋深き隣は何をする人ぞ

—『笈日記』

* 키고 秋深し(가을)　키레 何をする人ぞ　키레지 ぞ

가을은 점점 깊어만 가고, 이웃집에서는 아무 소리도 들리지 않는다. 만추는 정적의 계절로 사람들마저도 정적에 잠겨 있다. 이웃사람은 무엇을 하는 사람일까? 형언할 수 없는 쓸쓸함이 나의 마음에까지 스며든다. 만나보고 싶다. 그리고 침묵하는 사람과 진지하게 이야기를 나누고 싶다. 바쇼오는 사람에 대한 그리움을 토로하듯, 사람의 목소리가, 사람의 그림자가 그립다고 한다.

바쇼오는 아무런 소리 없는 이웃을 통하여 침묵의 세계에 마음을 던져보면서 계절의 무상함과 인간의 무상함을 떠올리고 있는 듯하다.

우따가와 히로시게(歌川廣重)의 우끼요에

방랑에 병들어, 꿈은 겨울 들녘을 헤맨다

たび　やん　ゆめ　かれの　めぐ
旅に病で夢は枯野をかけ廻る

—『笈日記』

* 키고 枯野(겨울)　키레 旅に病で/かけ廻る

이것은 바쇼오가 세상을 떠나기 전 마지막으로 읊은 구이다. 만물이 조락한 쓸쓸한 겨울 들녘(枯野)의 정취는 특히 중세 이후 일본인의 미의식을 강하게 자극하여, 겨울 들녘을 소재로 한 유명한 와까나 구가 많이 만들어졌다. 여행 도중 병으로 쓰러져 생사를 헤매는 몸이 되었지만, 바쇼오는 여전히 겨울 들판을 헤매는 나그네의 모습을 자기의 실존으로 꿈꾸고 있었던 것이리라.

요사 부손

(與謝蕪村, 1716~83)

하이진이자 뛰어난 화가이기도 했던 요사 부손은 1716년 세쯔쯔노꾸니(攝津國) 케마무라(毛馬村, 지금의 오오사까시大阪市 미야꼬지마꾸都島區 케마쬬오毛馬町)의 유복한 농가에서 태어났다. 그의 성장과정에 대해서는 불확실한 부분이 많으나, 일찍이 양친을 여의고 20세 즈음하여 에도로 나와 니혼바시(日本橋)의 코꾸쬬오(石町)에 살고 있던 하진(巴人)이라는 하이까이시(俳諧師, 하이까이 지도자) 집에 기거하면서 하이까이 수업에 정진했다. 부손의 나이 27세 때 그를 친자식처럼 살피고 아껴준 스승 하진이 66세로 세상을 떠나자, 부손은 그 문하의 제자들을 의지하여 북관동지방을 전전하면서 그림과 하이까이 수업을 병행해나갔다. 그리고 29세 때인 1744년 봄 하이까이 지도자로서 독립, 사이쬬오(宰鳥)라는 호(號)를 버리고 '부손'이라는 호를 사용하게 되었다. 바로 바쇼오 50주기 추도식이 있던 다음해의 일이었다. 그후 36세가 되던 가을, 쿄오또로 온 그는 탄고(丹後, 지금의 쿄오또 북부)에서 4년, 사누끼(讃岐, 지금의 카가와香川)에서 3년을 지내기도 했지만, 대부분은 쿄오또를 중심으로 활약하였다. 방랑시인이라 불리는 바쇼오와는 대조적으로 두문불출하는 때가 많아, 전국을 여행하는 일도 없이 여생을 보냈다고 전해진다. 그래서 그런지 부손의 구에는 만사를 귀찮아하는 게으른 모습을 읊은 것이 적지 않다.

부손이 하이까이를 배울 무렵은 바쇼오가 죽은 후 하이까이가 완전히 힘을 잃고 있을 때였다. 그러나 부손의 왕성한 작품활동 덕분에 하이까이는 다시 꽃피었다. 밝고 화려하면서도 상상력이 풍부한 부손의 구가 하이까이의 새로운 장을 여는 데 한몫을 한 것이다. 그는 화가답게 선명한 이미지를 언어로 환기시키는 데 천부적인 재능을 발휘했다. 언어의 기능미를 유감없이 발휘한 부손의 홋꾸는 유례를 찾아보기 힘들 정도로 세련되어 가벼운 정경묘사임에도 불구하고 영원한 시간을 느끼게 해주는 것들이 많다.

부손의 그림과 하이까이를 총망라해놓은 『부손 전집』(蕪村全集, 講談社 1992)을 보면 부손의 홋꾸는 2,850구에 이른다. 그중 연대를 추정할 수 있는 구가 2,650구인데, 반수 이상이 60세부터 세상을 떠나는 68세 때까지의 작품이다. 말하자면 전생애의 작품 중 무려 6할 정도가 만년의 9년 동안 만들어진 셈이다. 그의 놀라운 정열은 만년에도 사그러질 줄 몰랐다.

만년의 부손은 코이또(小糸)라는 아름다운 기생에게 마음을 빼앗겼다고 한다. 1782년 67세 때 부손은 『화조편(花鳥篇)』을 편찬·간행했는데, 이 책 속에 코이또에 대한 구가 실려 있다. 이 무렵 코이또의 친구인 카또오(佳棠)에게 보낸 편지에서 부손은 이렇게 적고 있다.

> 코이또가 하얗게 누빈 겹옷 키모노에다 산수화를 그려 달라고 부탁을 해왔는데, 내 그림은 미인에게는 어울리지 않으니 그려줄 수가 없다네. 그러니 자네가 그 사정을 잘 좀 말해주시구려.

부손은 이 편지 속에 코이또가 미인이라는 이야기를 두 번이나 쓰고 있을 만큼 코이또에게 푹 빠져 있었던 것으로 보

인다. 『화조편』에는 오오사까의 우메(うめ)라는 여자가 "부손은 연에 연실이 달린 것처럼 코이또만 보면 어쩔 줄 몰라 한다"고 비웃는 내용도 들어 있다.

그러한 부손이 세상을 떠난 것은 이듬해 1783년 12월 25일이었다. 그해 봄, 부손은 라이벌이었던 나고야의 카또오 교오다이(加藤曉臺, 1732~92)라는 하이진과 힘을 합쳐 쿄오또에서 바쇼오의 100주기 추선공양재(追善供養齊)를 대대적으로 거행하였다. 바쇼오의 100주기는 실제로는 10년 후인 1793년이었으나 10년을 앞당겨서 미리 치른 것이다. 부손은 바쇼오의 50주기 때에 전문 하이까이 시인으로 데뷔하여 90주기에 세상을 떠난 셈이다.

그런데 부손이 하이진으로서 본격적으로 활약한 시기를 포함해 바쇼오의 50주기부터 100주기에 이르는 기간은 하이까이 문단에 바쇼오 복고운동이 한창이던 때였다. 바쇼오가 죽고 10년이 지나면서 바쇼오의 제자들도 하나둘 세상을 떠나게 되자 바쇼오의 시대도 막을 내리고, 하이까이 문단은 분열하면서 전반적으로 저속화의 길로 치닫고 있었다. 이러한 상황을 극복하고 하이까이 본연의 고상하고 격조있는 품격을 되찾는 데 뜻을 둔 하이진들이 자연적으로 늘어났고, 이 분위기가 바쇼오 복고운동으로 이어졌던 것이다. 이러한 운동의 물결 속에서 부손은 전문 하이진으로서 일익을 담당하게 된다. 부손이 실제보다 빨리 바쇼오의 100주기 추선공양재를 올린 것을 보면 바쇼오 복고운동의 완성자로서 그의 위상이 충분히 짐작되고도 남음이 있다.

부손은 "바쇼오의 구를 3일간 안 읽으면, 입안에 장미가시와 같은 표독한 잡초가 가득 자라나서 구를 읊을 수 없게 된다"(『蕉翁付合集』 서문)라고 했을 만큼 바쇼오의 존재를 마음속 깊이 두고 있었다. 그러나 부손은 바쇼오에 심취하기는 했으나, 바쇼오를 똑같이 흉내내는 맹신적인 하이진은 아니었다. 1773년 11월 12일, 교오다이에게 보낸 편지에서 부손은 이렇게 적고 있다.

> 나의 하이까이는 결코 바쇼오옹의 스타일을 그대로 흉내내는 것이 아니고, 오로지 내 마음이 가는 대로 읊는 것이며, 또 어제와 오늘 읊은 구의 변화를 즐기고 있을 따름입니다.

하이까이를 함에 있어 바쇼오를 본보기로 삼되, 똑같이 흉내내기보다는 나름의 개성, 즉 자신만이 가지고 있는 멋을 살려내는 것이 중요하며, 속세를 떠나 고상한 정신세계에 도달해야 한다는 하이까이의 근본정신을 추구하는 것이 가장 중요하다는 말이다. 그런데 이는 바쇼오가 추구했던 근본정신이기도 하다. 이렇듯 바쇼오를 향한 마음은 변함이 없었지만, 바쇼오를 절대시하지는 않겠다는 부손의 유연하고 자유스러운 문학관은 그의 작품에 신선한 매력을 가져다주었다.

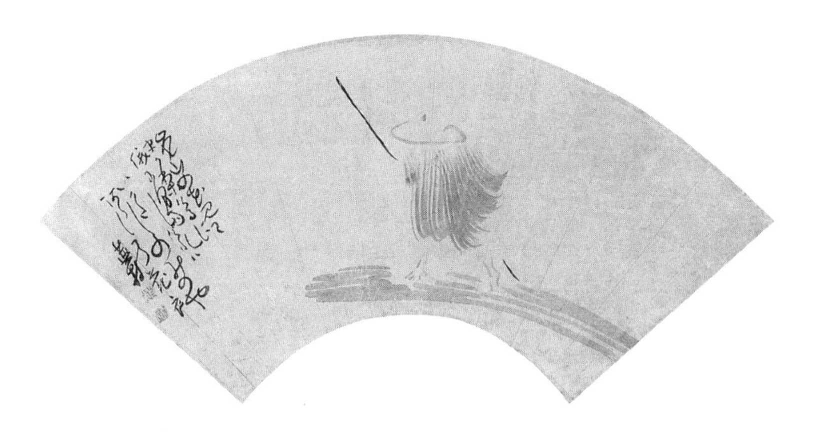

부손의 그림「筏士」

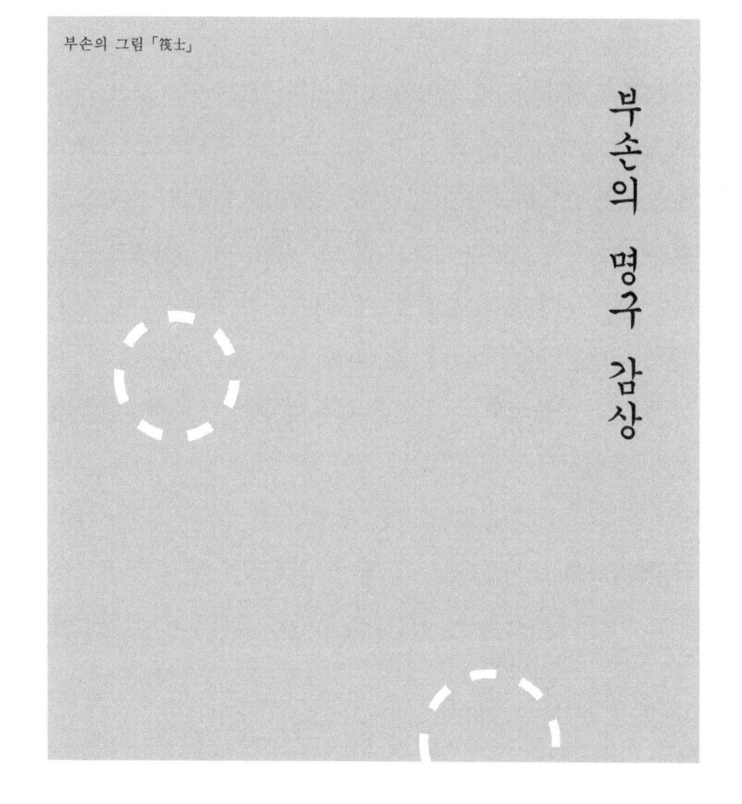

부손의 명구 감상

걸어오는 술병이나 있었으면 좋겠네, 동면

ひとりゆくとくりもがな冬(ふゆ)ごもり

—『落日庵句集』

* 키고 冬ごもり(겨울) 키레 とくりもがな 키레지 もがな

동면의 겨울, 집에 틀어박혀 특별히 하는 일도 없이 지내다 보니 만사가 귀찮구나! 술 마시고 싶을 때 부엌 저쪽에서 종종걸음으로 걸어와주는 편리한 술병(とくり)이 있었으면 좋겠다는 재미있는 바람을 노래하고 있다. 겨울잠(冬ごもり)이란 추운 겨울 동안 활동을 하지 않고 방에 틀어박혀 있는 것을 말하는데, 개구리나 뱀이라면 모르지만 생활환경의 변화 탓으로 겨울에도 쉬지 않고 활동해야만 하는 현대인에게는 전혀 실감을 느낄 수 없는 말이 되어가고 있다. 그래도 옛날에는 그러한 기분을 조금은 느꼈던 것 같다. 겨울방학이 되면 집에서 뜨개질을 하고, 문에 창호지를 바르고 김장을 돕고, 아궁이에 군불을 지피며 고구마를 구워먹고, 찬바람에

문풍지가 윙윙 소리를 내면 왠지 스산한 기분이 들어 무서워졌던 일, 아득한 겨울날의 정경들이다. 일년 주기의 생활리듬에서 본다면 겨울잠은 살아가기 위한 인간의 지혜인지도 모른다.

토바궁으로 무사 대여섯 태풍처럼 질주하네

鳥羽殿(とばどの)へ五六騎(ごろっき)いそぐ野分(のわけ)かな

—『明和五句稿』

* 키고 野分(가을) 키레 野分かな 키레지 かな

넓은 들판에 태풍이 몰아쳤다. 하늘은 금세 캄캄해지고 비가 쏟아지기 시작했다. 폭우를 헤치고 토바도노(鳥羽殿, 쿄오또 남쪽에 시라까와白河와 토바鳥羽의 두 왕이 만든 이궁離宮으로, 지금의 쿄오또 후시미꾸伏見區 근처에 있었다고 한다)를 향해서 말을 탄 무사 대여섯이 질주해간다. 심상치 않은 일이라도 생긴 것일까? 말탄 무사가 달려간 뒤에는 여전히 살풍경한 태풍만이 세차게 불고 있다.

이 구는 부손이 호오겐의 난(保元の亂, 헤이안시대 말 1156년에 쿄오또에서 일어난 난. 황실과 섭정가 사이의 세력 다툼에 源씨와 平씨의 두 세력이 개입하여 발발했다)을 공상하여 각색한 것인데, 부손이 살던 시대에도 호오겐의 난이라고 하면 아득한

옛날이야기였다. 또 이 구에서는 '野分'(태풍)라고 하는 무대의 설정이 효과적이다. 시각은 낮으로 보기도 하지만, 저녁 무렵으로 보는 것도 자연스러울 것 같다. 회화적인 이미지가 풍부해 한폭의 아름다운 역사화를 보는 듯한 느낌을 준다. 말탄 무사가 대여섯이라고 얼버무린 것에 문학적인 서정의 묘미가 있다.

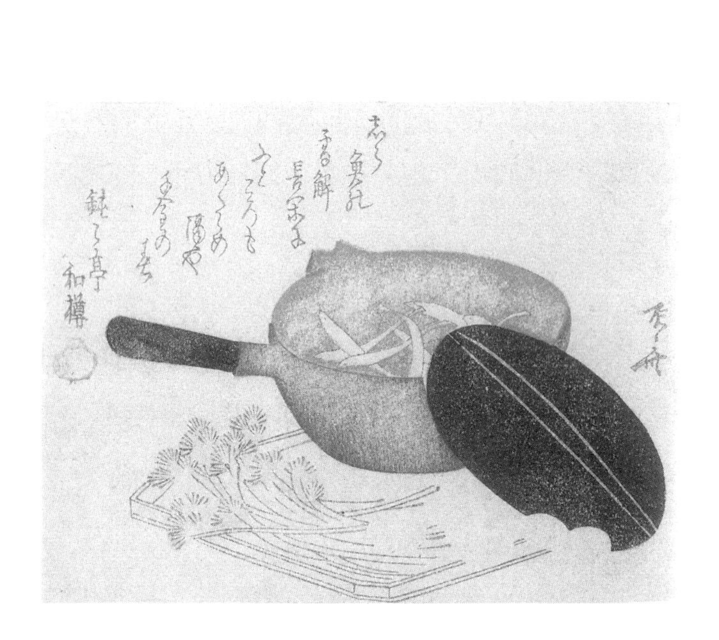

은어 건네주고, 그냥 가버리는 야밤의 대문

鮎くれてよらで過ぎ行く夜半の門

—『蕪村句集』

* 키고 鮎(여름) 키레 鮎くれて/夜半の門

깊어가는 여름밤, 밖에서 문 두드리는 소리가 났다. 아니 이 늦은 시간에 누구일까? 하면서 나가보니, 낚시를 갔다 온 친구였다. 친구는 많이 잡았다고 하면서 은어를 준다. 모처럼 왔는데 들어오라고 권유해도 친구는 너무 늦었다고 하면서 어둠속으로 사라져갔다.

평범하고 일상적인 장면이라 할 수 있지만, 근처에 살면서 사이좋게 지내는 친구의 느낌이 잘 드러나 있다. 평소 같으면 집에 들러 술이라도 한잔하면서 늦게까지 이야기꽃을 피웠을 텐데, 오늘은 밤이 너무 깊어 그냥 가보겠다고 한 것일까? 야밤의 대문이 구의 중심을 이루며 선명하게 부각되는 것이 인상적이다.

산은 저물고 들녘은 황혼빛의 참억새로다

山(やま)は暮(く)れて野(の)は黃昏(たそがれ)の薄(すすき)かな

—『蕪村句集』

* 키고 薄(가을) 키레 薄かな 키레지 かな

참억새는 화려함과 쓸쓸함을 동시에 지니고 있어서, 어떤 의미에서는 일본미를 상징하는 식물이라 할 수 있다. 산에는 어느새 어둠이 깔리고, 해는 긴 그림자를 남기며 뉘엿뉘엿 저물어간다. 참억새가 우거진 산기슭의 들판은 희부연 잔광 아래 그윽하게 흔들리고 있다. 이 구는 빛의 농담을 사용하여 명암을 뚜렷하게 대비시킨 아름다운 수묵화와 같은 느낌을 준다. 이런 유원한 이미지는 아득한 옛날을 꿈꾸는 듯한 향수를 느끼게 해준다.

부손은 자신의 문인화에 하이까이의 시정을 그려내려고 했으며, 반대로 하이까이에서는 그림으로 표현하고자 하는 이미지를 읊으려고 했다.

안 자면서 벌써 잠들었다는 추운 밤이어라

起(おき)て居(い)てもう寝(ね)たといふ夜(よ)寒(さむ)哉(かな)

—『蕪村句集』

* 키고 寒(겨울) 키레 夜寒哉 키레지 哉

겨울밤 추워서 일찍 잠자리에 들었다. 그런데 바깥에서 똑똑하고 문 두드리는 소리가 난다. 추운데 이불을 걷고 나오는 것도 귀찮고 하여, 자는 척하고 밖을 내다보지 않았다는 것이다. 추위에 만사가 귀찮다는 모습이 잘 나타나 있다.

1월은 신춘(新春)이라고 하지만, 실제로는 일년 중 가장 추울 때다. 소한이 음력으로 1월 6일, 대한이 1월 20일경이기 때문이다. 하이꾸에서는 '추위'와 '춥다'라는 말이 모두 겨울의 키고로 사용되고 있는데, 단순히 몸으로 느끼는 생리적인 추위만을 나타내는 것이 아니고, 슬픔이나 허무함 등 소위 심리적인 추위도 같이 포함시켜 노래한 것이 많다.

모란꽃 떨어져 꼭 겹쳐져 있구나, 두 잎 세 잎

ぼたん ちり うち に さんぺん
牡丹散て打かさなりぬ二三片

—『あけ烏』

* 키고 牡丹(여름) 키레 打かさなりぬ 키레지 ぬ

자연의 섭리에 의한 조락의 미가 잘 드러나 있는 구다. 모란은 5월 상순이 되면 홍색, 담홍색, 홍자주색, 흰색 등의 큰 꽃을 피우는데, 그 모습이 화려해 원산지인 중국에서는 꽃 중의 왕이라 일컬어지고 있다. 일본에서는 겐로꾸시대부터 관상용으로 재배되었다고 한다. 모란은 '二十日花'라 불리기도 하는데, 백낙천의 "花開花落二十日"(牡丹芳)의 시구에서 비롯된 것이다. '二十日'이란 모란이 봉오리에서 꽃을 피우고 낙화할 때까지 걸리는 시간을 가리킨다.

큰 모란꽃을 떠올려보자. 고아하고 요염한 자태를 풍기며 보란듯이 피어 있던 모란이 한창 때를 지나 쇠잔의 빛을 보이기 시작하더니, 어느새 사르르 풀어진 꽃잎이 검은 땅 위에 무너지듯 떨어졌다. 한 잎 두 잎, 그리고 그 위에 또 한 잎이 떨어져 겹쳐졌다. 몇겹으로 겹쳐진 꽃잎의 색깔은 분홍색이든 붉은색이든 흰색이든 자유롭게 떠올려볼 수 있다.

고려선이 그냥 지나쳐 가는 봄안개이어라

高麗船(こまぶね)のよらで過(す)ぎ行(ゆ)く霞(かすみ)かな

—『俳諧新選』

* 키고 霞(봄) 키레 霞かな 키레지 かな

안개 자욱한 봄바다에 낯선 배가 나타났다. 색깔을 예쁘게 칠한 큰 배는 먼 옛날의 이국땅 고려(高麗, 고려 혹은 고구려를 지칭함)에서 온 듯하다. 곧 항구에 도착하겠지! 하고 가슴 설레며 기다리고 있는데, 어느새 배는 다시 멀어지면서 안개 속으로 사라져갔다. 장대하고 화려한 한낮의 꿈을 꾸고 있는 듯하다. 안개 낀 봄바다의 망망하고 무한한 느낌을 형상화하고 있으며, '그냥 지나쳐 가는'(よらで過ぎ行く)이라는 표현이 이 구를 생생하게 살려주고 있다. 물끄러미 바다를 바라보고 있는 호기심 어린 눈과, 지나가버린 결과에 대한 어렴풋한 실망과 낙담의 감정이 담겨 있다.

유채꽃이여, 달은 동녘 지평에 해는 서산에

な　はな　つき　ひがし　ひ　にし
菜の花や月は東に日は西に

—『蕪村句集』

* 키고 菜の花(봄) 키레 菜の花や 키레지 や

온 사방으로 유채꽃이 가득 핀 넓은 밭이 펼쳐져 있다. 그 지평의 동쪽에서는 금색의 봄달이 떠오르고, 반대편 서쪽에서는 하늘을 빨갛게 물들이며 해가 진다. 석양으로 물든 하늘에 떠 있는 금색 달, 유채꽃이 만발한 대지, 천지가 황금색으로 빛나는 광대한 자연의 풍경을 그린 한 장의 그림엽서를 보는 듯하다.

달과 해를 동쪽과 서쪽에서 동시에 본다고 한 예로는, 도연명(陶淵明, 365~427)의 시나 당시의 민요 또는 『만요오슈우』(万葉集)에서도 찾아볼 수 있다. 이 구가 실려 있는 『부손구집』(蕪村句集)을 보면 앞부분에 '春景'이라고 씌어져 있는 것으로 보아, 작자는 달과 해가 동시에 나와 있는 정경을 발

견하고 그대로 옮긴 듯하다. '月は東に'와 '日は西に'를 대구(對句)형식으로 표현한 것이 이 구를 효과적으로 살리고 있으며, 화려한 색채감도 인상적이다.

봄바다 하루 종일 너울너울 출렁거리누나

春(はる)の海(うみ)終日(ひめもす)のたりのたりかな

—『俳諧古選』

* 키고 春の海(봄) 키레 のたりのたりかな 키레지 かな

겨울바다는 바람도 거칠고 파도도 높다. 그러나 봄이 되면 바람이 잔잔해져 바다는 평온해진다. 따뜻한 햇살 아래 갈매기가 춤을 추고, 저 멀리 뽀얗게 낀 봄안개 속에 흰 돛단배의 모습은 한가롭기만 하다. 그리고 눈앞의 봄바다에서는 파도가 하루 종일 '너울너울'(のたりのたり) 밀려왔다 밀려간다. 푸른 봄바다의 모습이 구슬프다.

넓고 파란 바다와 하늘, 그리고 하얀 파도, 파도가 부서지며 서서히 빠져나가는 한가로운 바닷가의 모습을 추상화한 것으로, 봄바다의 본질을 표현한 순수시이다. 이 구의 생명은 'のたりのたり'라는 의태어에 있다고 할 수 있다.

여름 소나기여, 풀잎을 붙잡고 있는 참새들

夕(ゆう)だちや草葉(くさば)をつかむむら雀(すずめ)

—『續明鳥』

* 키고 夕だち(여름) 키레 夕だちや 키레지 や

더운 여름날 오후, 갑작스레 소나기가 퍼부었다. 한가롭게 놀고 있던 참새는 허둥지둥 나뭇가지로 날아갈 사이도 없이 근처에 있는 풀숲으로 급히 뛰어들었다. '설마 이렇게 갑자기 비가 쏟아질 줄은 몰랐네!'라고 하는 듯이. 그런데 자세히 보니, 그 조그마한 발로 풀잎을 꽉 잡고 매달려 있는 게 아닌가? 쏟아지는 소나기 속에서 흔들리는 연약한 풀잎을 필사적으로 잡고 있는 참새 발의 귀여운 느낌이 잘 나타나 있다.

이 구는 참새를 의인화하여 친근감을 주고 있다. 한 마리의 참새인지, 비를 피해 와서 서로 종알종알 떠들어대는 참새 떼를 표현한 것인지는 독자 스스로 자유롭게 상상의 날개를 펴도 좋을 것 같다.

오월 장맛비, 큰강을 앞에 두고 집이 두어 채

五月雨(さみだれ)や大河(おおがわ)を前(まえ)に家二軒(いえにけん)

—『安永六年句稿』

* 키고 五月雨(여름) 키레 五月雨や 키레지 や

여행 도중 본 경치라 생각된다. 장맛비가 며칠 동안 계속해서 내리고 있다. 하늘은 대낮인데도 캄캄하기만 하고, 적갈색으로 흐린 강물은 물이 불어 당장이라도 넘칠 것 같은 기세로 세차게 흐른다. 강가에는 두어 채의 집이 있을 뿐이다. 부손이 살았던 에도시대 중엽에는 지붕을 풀로 엮은 작은 집이었을 것이다! 이 두어 채의 집이 지금 당장이라도 강물에 휩쓸려 떠내려갈 것만 같은 위태로움이 사실적으로 다가온다.

이 구에서 부손은 집이 두어 채라고 구체적으로 숫자를 제시하고 있는데, 이것은 화가 부손의 상투적인 수법이었다고 한다. 한 채로는 너무 고립된 느낌을 주고, 여러 채로는 위험한 느낌을 효과적으로 살릴 수 없었을 것이다.

카쯔시까 호꾸사이(葛飾北齋)의 우끼요에

매화꽃 여기저기, 남쪽에 갈까 북쪽에 갈까

うめ おちこち みんなみ きた
梅遠近南すべく北すべく

—『蕪村句集』

* 키고 梅(봄) 키레 梅遠近

제법 봄기운이 맴돌아 야외로 나와보니 매화꽃이 여기저기에 피어 있다. 남쪽으로 가볼까 아니면 북쪽으로 가볼까, 양쪽 다 마음이 끌려서 결정을 못하겠다는 것이다. '여기저기'라는 표현에서 알 수 있듯이, 매화꽃이 한쪽에 몰려 피어 있는 것이 아니라 여기저기에 흩어져 피어 있는 광경이다. 정작 나는 어디로 가야 한단 말인가, 라는 행복한 탄식이 들리는 듯하다. 그러나 행복한 탄식만은 아닌 듯하다. 매화꽃을 여자에 비유하여 쓴 부손의 작품이 이 구와 같은 해에 씌어진 『슌뿌우바떼이꾜꾸』(春風馬堤曲, 1777)에 남아 있는 것을 보면 탄식의 진의가 그리 가볍지만은 않은 듯하다.

들개미 모습 드러나버렸구나, 하얀 모란꽃

山蟻(やまあり)のあからさまなり白牡丹(はくぼたん)

—『新花摘』

* 키고 白牡丹(여름) 키레 あからさまなり 키레지 なり

한송이의 커다란 하얀 모란 위를 들개미가 한마리 어정어정 걸어간다. 화려하고 아름다운 순백의 꽃잎에 까만 들개미의 모습이 명료하게 드러나 감출 길이 없다.

개미는 위험을 느끼면 불규칙적으로 지그재그로 걷는데, 그 모습이 마치 당황해서 허둥대는 듯이 보인다. 이 구는 한 마리의 들개미가 순백의 꽃잎으로 나와 우왕좌왕하고 있는 모습을, 까맣게 드러나버려 어찌할 바를 몰라한다고 유머러스하게 표현하고 있다. 하얀색과 까만색의 대비, 그리고 유머러스한 들개미의 움직임이 잘 나타나 있다.

외로움에 꽃을 피운 듯이 보이네, 산벚나무

淋しさに花笑きぬめり山櫻

(さび / はな さ / やまざくら)

—『蕪村遺稿』

* 키고 山櫻(봄) 키레 笑きぬめり 키레지 めり

산벚나무가 깊은 산속의 외로움을 견디지 못해 꽃을 피운 것처럼 나에게는 보인다. 꽃의 마음에 작자의 마음을 이입하여 표현한 것이다. 깊은 산속의 적막함이란 때로는 무섭고 두렵기조차하다. 그 산속을 혼자서 걸어가는 쓸쓸함이 산길에 살짝 피어 있는 꽃의 마음과 융화되어 나타나 있다. 초록빛 나뭇잎들 사이로 피어 있는 산벚꽃의 모습이 이와 같은 느낌을 유발시킨 것이다.

우따가와 히로시게(歌川廣重)의 우끼요에

코바야시 잇사

(小林一茶, 1763~1827)

코바야시 잇사는 1763년 시나노구니(信濃國)의 카시와바라(柏原, 지금의 나가노껜長野縣 시나노마찌信濃町 카시와바라柏原, 눈이 많이 오기로 유명한 지역)에서 한 농가의 장남으로 태어났다. 세살 때 어머니를 잃은 잇사는 여덟살 때부터 계모 밑에서 심한 학대를 받으면서 자랐다. 열다섯살에 집을 나와 에도에서 고용살이를 시작했으나, 성장해온 환경 탓인지 삐딱하고 고분고분하지 않은 성격을 가지고 있어서 주위 사람들에게 냉대를 받았다고 한다. 그러나 문학이나 학문을 향한 정열만큼은 누구보다 뜨거워서, 약 6년 정도 여행을 다니면서 하이까이 수행을 하였다. 그는 구를 만드는 데에만 전념했다.

일찍 어머니를 여의고 에도에서 혈혈단신으로 고독하게 살았던 잇사는 언제나 작고 약한 것에 마음을 주었고, 그런 자신의 마음을 하이꾸에 담았다. 그래서인지 잇사의 구에는 바쇼오나 부손에게서는 느낄 수 없는 따스함이 깃들어 있다. 잇사는 파리나 모기·벼룩처럼 혐오의 대상이 되는 보잘것없는 존재들에 관심을 기울였는데, 그런 것들에게서 늘 따돌림받고 외로움 속에 살아온 자신의 모습을 보았을 것이다. 거기에는 잇사가 일생 동안 가지고 있던 피해의식과 소외감, 그리고 가난하고 고독한 시골뜨기라는 열등감이 작용하고 있었는지도 모르겠다. 리듬감이 있어 외우기 좋다는 것도 잇사의 구가 지니는 또 다른 특징이다.

잇사는 따뜻한 마음의 소유자이기는 했지만 융통성이 없는데다 어렸을 때부터 모난 성격을 가지고 있어서, 애써 많은 작품을 만들었으면서도 사람들에게 그의 좋은 점들을 인정받지 못했다. 그러나 잇사의 하이꾸는 오늘날 번역되어 빛을 본 경우가 적지 않다고 한다. "사람도 한 사람 파리도 한 마리네, 큰 사랑채"(人も一人蠅もひとつや大座敷)라는 잇사의 구는, 1972년 코헨(W. H. Cohen)에 의해 "One man/one fly/waiting in this huge room"이라고 번역되었는데, 큰 사랑채에서 주인이 나오기를 한참 동안 기다리고 있는 남자와 그 주위를 맴돌며 날아다니고 있는 한 마리 파리의 정경이 선명하게 떠오른다. 인간과 파리를 동등한 인격체로 평등하게 취급하고 있는 이 구에는 작은 동물에 대한 잇사의 독특한 표현법이 잘 드러나 있다.

미국의 유명한 현대시인 로버트 블라이(Robert Bly, 1926~)는 잇사의 하이꾸를 소개하면서 이렇게 평했다. "잇사는 세계에서 가장 위대한 개구리 시인, 가장 위대한 파리 시인이며, 그리고 아마도 가장 위대한 아동 시인일 것이다." 미국에는 아동을 대상으로 하여 하이꾸를 쉬운 영어로 번역한 그림책이 몇권 있는데, 그중에서도 가장 인기가 있는 것이 잇사의 것이라고 한다.

39세 때 잇사는 병을 앓고 계시던 아버지가 돌아가셔서 일단 고향에 돌아간다. 하지만 집안의 상속문제를 둘러싸고 계모와 이복형제들과 끊임없이 싸움에 시달리던 잇사는 쫓겨나다시피 다시 에도로 상경했다. 가족의 따뜻함을 모르고 자란 잇사의 마음은 늘 고독해서, 세상의 강한 것들에 대해서 심한 분노를 느끼고 있었다.

50세가 되어 계모와 집 문제가 겨우 해결되어 고향에 돌아온 잇사는 52세 되던 해 28세의 젊은 아내를 맞았다. 그리고 자식이 태어났다. 생의 수많은 희로애락을 겪어온 잇사는 혼신을 다해 자식을 사랑하며, 자식에 대한 이런 자신의 생각을 구에 담았다. 그러나 잇사는 소중하게 키운 자식을 네 명이나 연달아 잃어버렸다. 거기에 아내마저도 37세의 젊은 나이에 세상을 떠나고 말았다.

두번째 부인을 맞았지만 두달 만에 이혼하고 세번째 부인 야오(やお)를 맞았으나 1827년 타다 남은 창고에서 65세를 일기로 세상을 떠났다. 야오와의 사이에 딸이 하나 있었는데, 잇사가 죽은 후에 태어났다.

잇사의 명구 감상

잇사의 그림「賀六十自像」

여기가 바로 마지막 거처인가, 눈이 다섯 척

これ　い　すみか　ゆき　ごしゃく
是がまあつひの栖か雪五尺

—『七番日記』

* 키고 雪(겨울) 키레 栖か 키레지 か

오랜 방랑 끝에 가까스로 돌아와 살게 된 고향 카시와바라, 그러나 눈앞에 있는 것은 5척(약 1.5m)이나 쌓인 눈으로 뒤덮여 다 쓰러져가는 오두막집, 여기가 바로 내 인생의 마지막 거처란 말인가? 이 눈 속에서 여생을 마쳐야 하는가 생각하니 가슴속 깊은 곳에서 한숨이 나온다. 유산 분배를 둘러싸고 계모와 몇년이나 걸린 분쟁이 겨우 해결되어 36년간의 떠돌이생활을 마치고 귀향했지만, 카시와바라는 금방이라도 눈에 파묻힐 것만 같다. 잇사에게는 이 혹독한 생활을 견뎌가야 하는 현실이 기다리고 있었던 것이다. 51세 때 지은 구이지만, 잇사의 생애를 상징하는 작품이라 할 수 있다.

우따가와 히로시게(歌川廣重)의 우끼요에

마른 개구리 지지 말아라, 잇사 여기에 있다

やせがえる　　　　　　いっさ　これ　　あ
痩蛙まけるな一茶是に有り

—『七番日記』

* 키고 蛙(봄) 키레 まけるな 키레지 な

이 구의 배경은 논이라기보다는 집 근처에 있는 절의 연못일 것 같다(일본은 집 주변에 절이 많이 있다). 연못에 개구리가 많이 나와 이리저리 팔딱팔딱 움직이고 있었다. 그런데 마른 개구리가 살집이 좋은 개구리와 싸움이 붙었다. 이를 본 잇사는 이 작고 여린 미물을 향해 "마른 개구리여! 지지 마라! 이 잇사가 여기서 너를 응원하고 있을 테니까"라고 외치는 것이다. '마른 개구리'는 '가난하여 먹을 것도 제대로 못 먹고 말라 있는 잇사'를 연상시켜준다. 잇사는 이처럼 약한 미물에 관심이 많았다.

돌아가신 어머니, 바다 볼 때마다 볼 때마다

な　はは　うみ み　たび　み　たび
亡き母や海見る度に見る度に

—『七番日記』

* 키고 없음(무끼) 키레 亡き母や 키레지 や

세살 때 어머니를 잃은 잇사에게 어머니에 대한 기억이 어렴풋이 남아 있었던 것일까? 바다를 바라볼 때마다 끝없이 넓은 무한함과 여유로움, 따스함이 느껴져 그 바다가 자신를 끌어안아줄 것만 같다. 이 구는 '바다를 볼 때마다 볼 때마다'라고 시어를 반복함으로써 억누를 길 없이 사무치는, 어머니에 대한 그리운 정을 되살리고 있다. 잇사에게 바다는 모성을 느끼게 해주는 존재였던 것이다.

나가야마 코오인(長山孔寅)의 그림

사람 오거든 개구리가 되어라, 시원한 참외

人來たら蛙となれよ冷し瓜

—『七番日記』

* 키고 冷し瓜(여름) 키레 なれよ 키레지 よ

“시원한 물 속의 참외여! 사람들이 다가와서 한입에 먹어 버리려고 하거든 개구리로 변해라. 알았지?” 마치 동화에서처럼 말을 걸고 있다. 이런 동심의 세계는 잇사의 구가 보여주는 특색이기도 하다. 이 구는 원래 『이세 이야기』(伊勢物語)에 나오는 ‘오니히또꾸찌’(鬼一口, 귀신 한입)의 영향을 받아 착상한 것이다. 『이세 이야기』는 천둥이 음산하고 오싹하게 치는 밤에, 신분이 높은 귀족 여성이 귀신에게 한입에 물리고 만다는 무서운 이야기지만, 잇사는 ‘시원한 참외’와 ‘개구리’라는 소재를 가지고 밝고 공상적이며 신비로운 세계로 전환하여 흥미를 주고 있다.

먹음직스러운 눈이 두둥실 두둥실이로다

むまさうな雪がふうはりふうはりかな

(ルビ: そ, ゆき, わ, わ)

—『七番日記』

* 키고 雪(겨울) 키레 ふうはりかな 키레지 かな

하늘에서 함박눈이 사뿐히 떨어진다. 마치 솜사탕을 떼어 낸 것처럼 정말 맛있어 보인다. 이 구에서는 먹음직스러워 보인다고 하는 미각적인 느낌이 동심을 불러일으키고 있다. 또 커다란 눈발이 서서히 흩날리며 내려오는 정경을 고감도 필름으로 찍은 사진처럼 선명하게 포착하고 있다.

이 구는 1813년 2월에 읊은 것인데, 쿠리야마 리이찌(栗山理一)는 잇사가 고향 카시와바라에 정주하게 된 안도감에서 나온 작품이라고 지적하고 있다.

가을바람에 걸어서 도망가는 반딧불이여

秋風(あきかぜ)に歩行(あるい)て逃(に)げる螢(ほたる)かな

—『七番日記』

* 키고 秋の螢(가을) 키레 螢かな 키레지 かな

여름밤을 밝히던 아름다운 반딧불이도 가을바람이 불어오면 힘이 다 빠진 채 날아갈 기력마저 잃고 툇마루 가장자리를 어정어정 걸어간다. 그 모습이 참으로 애처롭다. 바람에 밀리어 도망이라도 가는 듯한 모습이 활력을 잃은 반딧불이의 상태를 잘 그려주고 있다. 이 작품은 잇사가 악성 종기로 몸져 누웠을 때 만든 것인데, 병상에 누워 꼼짝할 수 없었을 잇사의 모습을 떠올리면 더욱 씁쓸해진다. 반딧불이에는 잇사 자신의 처지가 투영되어 있는 것이다.

어서 제발 한번만이라도 눈을 떠라 떡국상

もう一度(いちど)せめて目(め)をあけ雑煮膳(ぞうにぜん)

—『眞蹟』

* 키고 雜煮膳(신년) 키레 雜煮膳

장남 센따로오(千犬郎)·장녀 사또(さと)가 연달아 죽고, 58세가 되던 해 차남 이시따로오(石犬郎)가 태어났다. 이번만큼은 건강하게 쑥쑥 자라나주기를 얼마나 간절히 바랐는지 모른다. 그러나 이듬해 백일도 안되어 엄마 등에 업힌 채로 질식사하고 말았다. 잇사는 너무 애석한 나머지 아들을 위한 추도문을 쓰고 부인을 호되게 꾸짖었다. 이 구는 그 추도문 속에 수록된 것이다.

이시따로오가 죽은 것은 마침 설날 아침이었다. 조오니(雜煮, 야채·생선·닭고기 등을 넣어서 만든 국물에 떡을 넣어 끓인 일본의 설음식)를 상에 차려놓고, "한번만이라도 눈을 뜨고 먹어봐다오" 하고 죽은 아이에게 말을 걸고 있는 구이다. 먼저 죽은 자식으로 가슴이 미어지는 아픔을 안은 채 살아가야 하는 부모의 모습을 절절하게 표현했다.

키 바이떼이(紀楳亭)의 그림

덧없는 세상 덧없는 세상이라고, 한다지만

つゆ　よ　つゆ　よ
露の世は露の世ながらさりながら

―『おらが春』

* 키고 露(가을) 키레 露の世ながら

우리네 인생이 풀잎에 맺힌 이슬처럼 허무하게 사라지는 초로(草露)와 같다는 것을 알고는 있지만, 그래도 자식에 대한 마음은 접을 수가 없다.

『나의 봄』(おらが春, 1819)을 보면 요절한 장녀를 애도하여 읊은 구라고 되어 있다. 잇사는 생후 1개월도 안된 장남을 잃고 난 후 상심의 세월을 보내다 두번째로 태어난 장녀를 정말 귀여워했다. 그런데 이 장녀마저도 한살 남짓 돼서 천연두로 세상을 떠나고 말았다. 세상에 이런 일이 있을 수 있다니! 단념해야 한다는 이치를 알면서도 어찌할 수가 없다. 흘러간 물이 다시 돌아오지 않듯, 떨어진 꽃이 다시 나뭇가지로 돌아오지 않듯, 끊어져버린 인연이 다시 이어지지 않는

다는 것을 잘 알면서도 어찌할 수 없이 애달픈 것이다.

이 구는 억누를 길이 없이 고조된 작자의 애석한 심정을 '露の世'와 'ながら'의 동음을 반복하는 수법을 사용하여 효과적으로 나타내주고 있다. 쓰러져 정신없이 울고 있는 잇사의 모습이 떠오른다.

개미의 대열 뭉게구름에서부터 이어졌네

あり　みちくも　みね
蟻の道雲の峰よりつづきけん

—『おらが春』

* 키고 蟻(여름) 키레 つづきけん 키레지 けん

뭉게구름(雲の峰)은 여름 나절 뜨거워진 땅의 지면에 급격한 상승기류가 만들어낸 구름이다. 뭉게구름의 꼭대기 부분을 가만히 보고 있으면, 구름이 계속 피어올라와 눈부시게 빛나기 때문에 마치 화산이라도 폭발하는 것 같은 착각을 하게 된다.

해가 질 무렵 구름의 봉우리는 빨갛게 빛나고, 땅거미가 밀려오는 하늘에 번개가 칠 때면 뭉게구름은 더욱 선명하게 그 모습을 드러낸다. 이 구는 무한대로 이어진 개미의 대열이 멀리 뭉게구름에서부터 시작된 듯하다는 것이다.

새끼 참새, 저리 비켜, 비켜, 말님이 지나간다

雀の子そこのけそこのけ御馬が通る

—『おらが春』

* 키고 雀の子(봄) 키레 雀の子/そこのけ/そこのけ 키레지 のけ

아직 잘 날지 못하는 새끼 참새가 길가에서 놀고 있다. “참새야! 저리 비켜! 비켜! 빨리 비키지 않으면, 너 말에게 깔리고 말 거야.” 마치 조그마한 어린애에게 말하고 있는 것처럼 느껴진다. 이 구의 특징은 “저리 비켜”(そこのけ)라는 일상적인 어투를 사용하고 있다는 점이다. 이러한 어투는 작은 동물이나 어린이의 천진무구한 세계에 단순히 공감을 표현하는 것을 넘어 그 세계를 일상적인 놀이터로 바꾸어 패러디하고 있는데, 여기에 잇사의 독특함이 있다.

이리 와서 나하고 놀자꾸나, 어미 없는 참새

我(われ)と來(き)て遊(あそ)べや親(おや)のない雀(すずめ)

—『おらが春』

*키고 雀(봄) 키레 遊べや 키레지 や

봄에 둥지를 떠난 지 얼마 안된 어린 참새에게 “우리 집에 와서 놀아라. 부모 없는 참새야!” 하고 따뜻하고 부드럽게 말을 건네고 있다. 여덟살 때부터 계모 밑에서 자란 잇사에게 계모에 대한 기억들은 평생 잊혀지지 않는 것이었다. 이 구는 이런 어릴 적을 회상하며 읊은 구다. 참새는 그에게 친구와 같은 존재였다. 이 구에서 잇사는 ‘부모 없는 참새’에게 자신을 비추어보면서 외로움을 공유하고 있다.

짐수레에 눌려 뭉개져버린 제비꽃이여

地車(じぐるま)におつぴしがれし菫(すみれ)かな

—『文化句帖』

* 키고 菫(봄) 키레 菫かな 키레지 かな

무거운 짐수레에 눌려 무참하게 뭉개져버린 제비꽃의 모습을 읊었다. '눌려 뭉개져버린'(おつぴしがれし)이라는 약간은 거칠고 일상적인 대화체의 말투 속에 제비꽃에 대한 동정과 함께 세상에 대한 분노의 감정이 잘 나타나 있다.

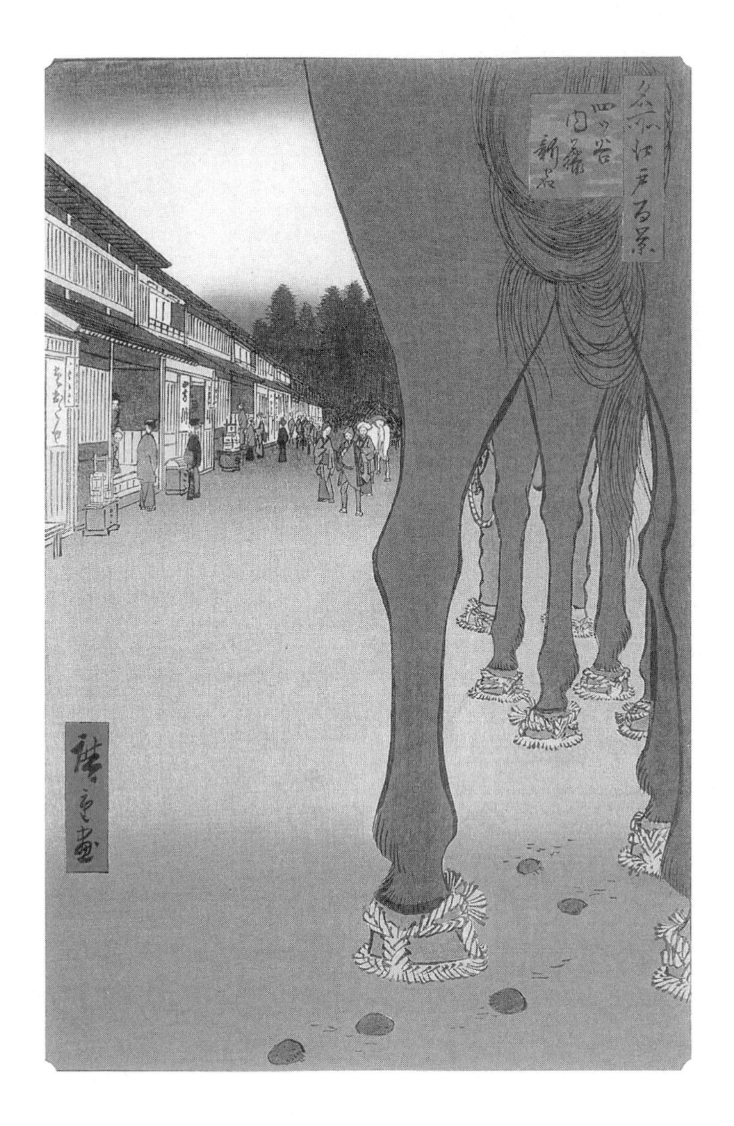

우따가와 히로시게(歌川廣重)의 우끼요에

숨죽인 채 말에게 몸을 내맡긴 개구리여라

じつとして馬(うま)に嗅(かが)るゝ(る)蛙(かわず)かな

—『文政句帖』

* 키고 蛙(봄) 키레 蛙かな 키레지 かな

큰 말의 소리가 들려와 무슨 일인가 하고 보니, 말이 개구리에게 코를 들이대고 냄새를 맡아보고 있는 것이다. 커다란 말이 냄새를 맡는 동안 개구리는 말에게 몸을 내맡긴 채 숨을 죽이고 꼼짝도 않는다. 큰 동물과 작은 동물의 대조에서 서로 무서워하지도 않고 어울리지도 않는, 태평하고 한가로운 정경이 느껴진다. 숨을 죽이고 있다는 표현에서 한편으로는 천진함도 느껴지지만, 약한 인간에 대한 연민이나 슬픔도 느껴진다. 더불어 약간 일그러진 잇사의 마음도 엿보인다.

죽이지 마라, 파리가 손으로 빌고 발로 빈다

やれ打つな蠅が手を摺り足をする

—『八番日記』

* 키고 蠅(여름) 키레 やれ打つな 키레지 な

“그거 죽이지 마라. 파리가 살려달라고 손발을 싹싹 비벼대면서 빌고 있잖아.” 파리의 모습을 유머러스하게 표현한 것으로, 작은 생물의 모습을 관찰하는 잇사의 탁월한 솜씨를 엿볼 수 있다. 이 구의 키고인 ‘파리’는 특히 여름이 되면 음식물 주위에 몰려들어 병원균을 옮기는 탓에 사람들이 모두 싫어하는 대상이다. 잇사는 파리가 이처럼 불결하고 시끄러워 모두가 싫어하지만, 이 생물에도 손발이 있고 그 나름대로 열심히 살고 있다는 점에 주목, 파리의 동작을 의인화하였다.

매미가 우네, 보면 볼수록 빠알간 바람개비

蟬(せみ)なくやつくづく赤(あか)い風車(かざぐるま)

—『八番日記』

* 키고 蟬(여름) 키레 蟬なくや 키레지 や

매미가 시끄럽게 울어대고 시간마저 멈춰버린 듯한 여름날 오후, 보면 볼수록 새빨갛게 타오르는 듯한 바람개비, 매미소리마저도 빨갛게 느껴질 것 같은 그 색의 선명함이 인상적이다. 그 바람개비는 죽은 아이가 바로 얼마 전까지 가지고 놀던 것이다. 울고 있는 것은 매미가 아니라, 잇사 자신이었을 것이다. 4년 전 장남을 생후 한달 만에 잃은 잇사에게 있어서 다시 얻은 자식에 대한 애정은 이루 말할 수 없었다. 매미가 우는 오후, 문득 그려낸 빨간 바람개비는 너무나 생생한 슬픔을 느끼게 해준다.

빨간색은 잇사의 심정을 나타내는 동시에 고향의 시골 흙냄새를 느끼게 해주는 색깔이기도 하다.

불꺼진 땅은 여전히 후끈후끈, 벼룩 설치고

やけ土(つち)のほかりほかりや蚤(のみ)さわぐ

—『久保田春耕宛書簡』

* 키고 蚤(여름) 키레 ほかりほかりや 키레지 や

자식을 잃은 불행에 가세라도 하듯이 잇사가 살던 집마저 불이 나서 다 타버렸다. 이제는 땅바닥에 멍석을 깔고 임시 거처를 만들어 생활할 수밖에 없는데 땅은 여전히 후끈후끈, 아직도 뜨거운 열기가 남아 있는 것 같다. 그 따스함에 어디선가 벼룩이 나와 기어다니는 것을 보니 기가 막힌다. "어이구 어이구! 이 상황에 벼룩이 살아서 설쳐대다니 정말 웃음이 나온다" 하며, 한심한 자기 신세를 낙담하기보다는 객관적으로 응시하고 있다. 잇사는 이렇게 대상을 객관적으로 바라보며 그려내는 것이 하이까이라고 생각했다. 진짜 고생을 아는 자로서 세상을 관조하는 잇사의 눈이 인상적이다.

그렇기 때문에 집이 다 불타고 어떻게 살아가야 할 것인가

앞날이 걱정되는 설상가상의 판국임에도 불구하고 잇사의 구에는 사람을 웃게 만드는 여유가 느껴지는 것이다. 한가하게 벼룩 이야기를 하고 있을 때가 아니지만 어쩌랴, 불우한 환경을 비관하고 슬퍼하기보다는 기꺼이 받아들이고 꿋꿋하게 살아가야 한다는 강인함이 돋보인다.

마사오까 시끼

(正岡子規, 1867~1902)

마사오까 시끼는 1867년 에히메껜(愛媛縣)의 마쯔야마(松山)에서 태어났다. 본명은 쯔네노리(常規)라고 한다. 그가 태어난 해는 에도시대의 마지막 해로, 그 다음해부터 메이지(일본의 연호는 새롭게 바뀐 천황의 이름을 따 정해진다)시대가 되었다. 메이지시대가 되면서 세상은 서양의 영향을 받아 급격하게 변하였고 시끼는 그런 격변기를 살아갔다.

시끼는 집안 형편이 어려워 다니고 있던 토오꾜오의 학교를 중퇴하고 신문사에 들어갔으나, 그 무렵 일어난 청일전쟁

(1894~95)에 종군기자로 파견되어 중국으로 건너갔다. 그리고 돌아오는 길에 폐결핵에 걸려 피를 토하고 병들어 눕게 되었다.

당시의 일본은 모든 것을 새롭게 바꿔보려는 열정에 불타고 있었고, 시끼도 이러한 물결을 타고 새로운 일본을 만들기 위해서 동분서주하고 있었다. 그러한 상황에서 그만 쓰러져버렸으니 낙담이 오죽하였으랴만, 그는 병들어 누워 있으면서도 포기하지 않았다. 어머니와 여동생 리쯔(律)의 헌신적인 병간호를 받으며, 새로운 하이꾸와 탄까를 만드는 일에 몰두하였다.

그 무렵 시끼의 집 근처에는 나까무라 후세쯔(中村不折, 1866~1943)라는 서양화가가 살고 있었다. 나까무라 후세쯔는 일찍이 프랑스에 건너가 서양의 회화를 배우고 돌아온 사람이었다. 프랑스에서 처음에는 꼴랭(R. Collin, 1850~1916)에게, 나중에는 로랑스(Jean-Paul Laurens, 1838~1921)에게 가르침을 받고, 전통적인 역사화 기법을 익혔다. 또 유학중에 일본인으로서는 드물게 로댕(A. Rodin, 1840~1917)을 직접 만나기도 했다.

그때까지만 해도 일본의 그림이란 눈앞에 보이는 것을 그리는 것이 아니라, '마음속에 떠오르는 것'이나 '생각'을 표현하는 것이 보통이었다. 눈앞에 있는 것을 자세히 관찰하고,

본 그대로 도화지에 옮기는 '사생(寫生)'을 중시한 서양의 회화법을 후세쯔에게서 배운 시끼는 이를 하이꾸에 살려보기로 마음먹었다. 시끼는 『일본(日本)』이라는 신문에 사생법을 제창하는 글과 홋꾸를 문학으로 인정해야 한다고 주장하는 글을 연재하여 본격적으로 하이꾸 혁신운동을 펼쳤다. 이렇듯 하이꾸의 혁신을 위해 노력해온 시끼는 1902년 36세의 젊은 나이로 세상을 떠났다.

시끼의 자화상

시끼의 명구 감상

장작을 쪼갠다 여동생 혼자서, 동면의 겨울

薪(まき)をわるいもうと一人(ひとり)冬籠(ふゆごもり)

—『寒山落木巻二』

* 키고 冬籠(겨울) 키레 いもうと一人

우리나라도 장작을 패어 아궁이에 불을 지피고 밥을 하던 시절이 있었듯, 일본사람들도 장작을 땔감으로 사용했다. 어느 집이나 장작을 패는 일은 주로 남자가 도맡아 하기 마련인데, 시끼의 집은 병든 시끼를 대신하여 여동생이 이 일을 했다.

이 구에서는 추운 겨울 동안 내내 집에만 틀어박혀 가사를 돌보는 여동생을 안쓰러워하는 작자의 모습이 떠오른다. 하나밖에 없는 여동생이 오빠 때문에 가엾게도 외출도 한번 제대로 못하고 힘든 일만 하고 있다고 작자는 그 아픈 심정을 토로하고 있다.

고추잠자리, 쯔꾸바에 구름도 한점 없어라

あかとんぼ つくば くも
赤蜻蛉筑波に雲もなかりけり

—『寒山落木巻三』

* 키고 赤蜻蛉(가을) 키레 なかりけり 키레지 けり

청명한 가을하늘에 잘 어울리는 고추잠자리(赤蜻蛉)는 더운 여름 동안에는 고산지대의 시원한 곳에서 살다가, 가을이 되어 시원해지면 마을로 내려온다고 하여 가을을 알리는 사자(使者)라고 불린다.

눈부신 햇살 속에 빨간 고추잠자리가 떼지어 날아다니고, 건너편에 우뚝 솟아 있는 쯔꾸바산(筑波山, 이바라기껜茨城縣 중앙부의 산지) 뒤로 보이는 가을하늘은 구름 한점 없이 높고 푸르다. 빨간 고추잠자리떼와 쯔꾸바산의 정경이 근사하게 조화를 이루고 있다.

떠나는 나에게, 머무는 그대에게, 가을 두 개

行く我にとどまる汝に秋二つ

(ゆ われ なれ あきふた)

—『寒山落木卷四』

* 키고 秋(가을) 키레 行く我に/とどまる汝に/秋二つ

지금 토오꾜오로 떠나려고 하는 나, 그리고 이 마쯔야마에서 교편을 잡고 있는 너, 때마침 찾아온 이 가을은 우리 두 사람을 제각기 갈라놓고 마는구나.

메이지 28년(1895) 종군기자에서 돌아온 시끼는 스마(須磨)에서 요양한 후 마쯔야마로 귀향했다. 마쯔야마에는 중학교 영어교사로 부임해 있던 친구 나쯔메 소오세끼(夏目漱石, 1867~1916)가 있었다. 시끼는 소오세끼의 집에서 50일 정도 신세를 졌다. 그러던 어느날 두 사람에게 찾아온 이별이었다. 시끼는 소오세끼의 고향인 토오꾜오로 떠나고 소오세끼는 시끼의 고향인 마쯔야마에 머물러 있을 수 밖에 없는 것. 이것이 우리가 짊어진 운명같은 것이다. '가을 두 개'로, 내

던져져 오도카니 버려진 듯한 마음을 중얼거리듯 추상적으로 표현한 것이 아쉬운 석별의 정을 잘 나타내주고 있다.

우따가와 히로시게(歌川廣重)의 우끼요에

감을 먹으니 종소리가 울린다, 호오류우지

柿くへば鐘が鳴るなり法隆寺

かき　え　かね　な　ほうりゅうじ

—『寒山落木巻四』

* 키고 柿(가을) 키레 鐘が鳴るなり 키레지 なり

감이 한창 달고 맛있어질 무렵에는 가을도 깊어 하늘은 청명하기 이를 데 없다. 옛말에 감을 먹으면 배가 차가워진다고 하는데, 어쩌면 이런 가을의 냉기가 감 속에 엉기어 굳어져 있기 때문인지도 모르겠다. 시끼는 감을 좋아해서 한꺼번에 스무 개나 먹었다고 전해진다. 이 구는 좋아하는 감을 먹고 있는데, 마침 호오류우지(法隆寺, 쇼오또꾸따이시聖德太子가 창건한 고찰. 나라껜奈良縣에 있는 聖德宗의 총본산)의 종이 울린다는 것이다. 감을 호오류우지 근처의 찻집에서 먹었던 걸까?

초겨울 밤비, 쿄시는 우에노를 걷고 있겠지

小夜時雨上野を虚子の來つつあらん

さよしぐれうえの きょし き

—『寒山落木卷五』

* 키고 時雨(겨울) 키레 小夜時雨/來つつあらん 키레지 ん

시구레(時雨)는 초겨울의 쓸쓸한 정취를 잘 드러내주는 풍물로 이 구의 키고이다. 와까나 하이꾸에는 유우시구레(夕時雨, 초겨울 저녁 무렵에 내리는 비)나 사요시구레(小夜時雨, 초겨울 밤비)를 소재로 한 유명한 구가 많이 있다. 시구레는 오다 말다 하면서 내리는 비로, 해가 떠 있는 채로 내리기도 하고, 한차례 좍 퍼붓고 지나가기도 한다.

어느 초겨울날 저녁을 막 지났을 무렵, 비가 살짝 내렸다. 사람이 그립다! 어쩌면 이 밤비를 맞으며 쿄시가 우리집을 향해 걸어오고 있지 않을까? 지금쯤 우에노(上野) 근처를 걷고 있을 거야, 하고 시끼는 생각한 것이다. '걷고 있겠지'라는 표현에서 쿄시를 기다리는 마음을 엿볼 수 있다.

우따가와 히로시게(歌川廣重)의 우끼요에

몇번이고 쌓인 눈의 깊이를 물어보았다네

いくたびも雪(ゆき)の深(ふか)さを尋(たず)ねけり

—『寒山落木卷五』

* 키고 雪(겨울) 키레 尋ねけり 키레지 けり

이 구는 1897년 12월에 씌어진 것으로 눈오는 겨울날의 정경을 그리고 있다. 시끼는 지병인 결핵이 악화되어, 12월에는 아예 자리에 드러눕고 말았다. 그런 어느날의 일이었다. 토오꾜오에 보기 드물게 대설이 내렸다. 소복소복 쌓이기 시작한 눈을 보며 시끼는 고조되는 기분을 억누를 길이 없었다. 그는 어린애처럼 눈이 얼마나 쌓였냐고 물었다. 아마 옆에서 간병하는 여동생 리쯔에게 물었을 것이다. 여동생은 밖으로 나가 쌓인 눈의 깊이를 재고 와서는 오빠에게 말해주었다. 얼마 안 있어 "눈이 몇 미터나 쌓였어?" 하고 또 묻는다. 이렇게 몇번이고 반복해서 물어보았을 것이다. 눈을 보고 어린애처럼 마냥 좋아하는 시끼의 순수한 마음이 전해지는 광경이다. 시끼는 마음속으로 눈이라도 펑펑 왔으면 좋겠다고 생각했을 것이다. 이 구의 이미지는 눈뿐이지만 그 속에는 작자의 이루 말할 수 없는 심경이 담겨 있다.

감 든 술통을 잡고 있는 모습을 사생하였네

樽柿(たるがき)を握(にぎ)るところを寫生(しゃせい)かな

—『俳句稿』

* 키고 柿(가을) 키레 寫生かな 키레지 かな

술통 속의 감이란 '빈 술독에 넣어둔 떫은 감'을 말하는데, 술독에 감을 넣으면 술독에 스며들어 있는 술 성분이 떫은맛을 없애주어 감이 달아진다고 한다. 시끼는 실제로 자기 손으로 통을 잡고 있는 모습을 사생하여 그리듯이 이 구를 만든 것이다.

시끼는 이러한 사생법을 고추잠자리, 도토리, 하늘, 종소리 등 관심있는 대상을 묘사하는 데에 사용했을 뿐만 아니라 병들어 누워 있는 자기 모습을 그리는 데도 적용했다.

요사이 피어 있던 나팔꽃 남색이 되었구나

ごろ　あさがおあい　さだ

この頃の蕣藍に定まりぬ

—『俳句稿』

* 키고 蕣(가을) 키레 定まりぬ 키레지 ぬ

형형색색으로 한창 예쁘게 피어 있던 나팔꽃도 가을이 되어 날씨가 선선해진 요즈음은 모두 남색 한가지로 통일되고 말았다. 시끼의 방에서 내다보이는 작은 뜰은 삼나무로 둘러싸인 울타리 안에 맨드라미, 싸리, 억새, 도라지꽃 등 가을풀들이 가득 심어져 있었다. 변화해가는 꽃들을 보면서 계절의 변화를 느낄 수밖에 없었던 시끼의 심경을 엿볼 수가 있다. 남색 일색으로 변해버린 나팔꽃에 시끼의 채울 수 없는 고독감과 외로움이 서려 있는 듯하다.

오월 장맛비, 우에노산 보기도 싫증났다네

五月雨(さみだれ)や上野(うえの)の山(やま)も見飽(みあ)きたり

—『俳句稿以後』

* 키고 五月雨(여름) 키레 五月雨や 키레지 や

5월 장마(五月雨)는 음력 5월경에 내리는 장맛비를 말하는데, 이 구에서는 그칠 줄 모르고 주룩주룩 내리는 장마철의 하루가 연상된다. 하루 종일 드러누워서 눈앞에 우에노산만 보고 있자니, 별다른 변화가 없는 우에노산이 이제는 싫증이 났다는 것이다. 이 구를 보고 야마구찌 세이손(山口青邨, 1892~1988)은 '뭔가 인생에 지친 권태로운 느낌'이라고 지적하고 있는데, 공감되는 부분이 많다. '보는 것도 싫증났다'(見飽きたり)라고 내뱉듯이 말함으로써 조금은 괴로운 심사를 달래는 듯하지만, 한편으로는 매달리고 기댈 곳 없는 허허한 서글픔도 느껴진다.

시끼의 제자였던 타까하마 쿄시가 자주 병문안하였는데,

그런 날이면 시끼는 아침부터 가슴이 부풀어 있었다 한다.

우따가와 히로시게(歌川廣重)의 우끼요에

살아 있는 눈을 쪼으러 오는 건가, 파리 소리

活(い)きた目(め)をつつきにくるか蠅(はえ)の聲(こえ)

—『仰臥漫錄二』

* 키고 蠅(여름) 키레 つつきにくるか 키레지 か

한창 무더운 여름날 몸을 가누지도 못할 정도로 아파서 신음하고 있을 때 누워 있는 병자의 악취에 떼지어 몰려든 파리가, 병자가 시체처럼 보였는지 두 눈을 멀쩡하게 뜨고 있는데도 집요하게 다가와 윙윙거리며 붙어서 떨어지지 않는다. 작자는 파리의 모습을 관찰하다가 이런 상상을 해본 것일까? '파리 소리'라는 표현으로 병자의 날카로워진 신경을 생생하게 그려내고 있다. 아무런 기력도 없이 겨우 눈만 껌벅거리고 있는 최악의 상태에서 신음하듯 토해낸 구이다. 시끼의 구에는 앞에서 소개한 잇사의 구 '죽이지 마라, 파리가 손으로 빌고 발로 빈다'와 같이 인정미가 투영된 구는 찾아보기 힘들다. '가을 파리 쫓으니 또 온다 때리니 죽었다'라든가 '가을에 나는 파리 때려 죽이라고 명령했다' '가을 파리 죽여도 다 없어지질 않는구나'와 같이 시끼의 구는 사생에 철저하다.

수세미꽃 피고, 담이 막혀버린 고인이로다

絲瓜(へちま)笑(さい)て痰(たん)のつまりし佛(ほとけ)かな

—『絶筆』

* 키고 絲瓜の花(여름) 키레 絲瓜笑て/佛かな 키레지 かな

시끼는 수세미꽃을 좋아해서, 병실 앞에 수세미꽃이 뻗어 올라올 수 있도록 울타리를 만들고 그 꽃을 바라보는 것을 하나의 즐거움으로 삼았다고 한다. 여름이 끝나갈 무렵 노랗게 꽃을 피우는 수세미는 가을에 그 줄기를 자르면 물이 뚝뚝 떨어지는데, 이 수세미 물은 담을 멈추게 하는 데 효과가 있다고 한다.

담을 멈추게 하는 노란 수세미꽃이 연달아 핀다. 그 꽃 아래에서 나는 담으로 기도가 막혀서 죽는구나. 이 구의 '佛'은 죽은 사람을 뜻하는 말로, 죽기 직전의 자신을 객관화한 절묘한 표현이다. 시끼는 죽어가는 자신조차도 담담하게 사생하고 있다.

담이 한말! 수세미꽃 물도 이제 소용없다네

たん いっと へちま みず ま あわ
痰一斗絲瓜の水も間に合はず

—『絶筆』

* 키고 絲瓜の水(가을) 키레 痰一斗

결핵이 심해져서 담이 한말(약 18리터)이나 나왔으니, 모처럼 준비해둔 수세미꽃 물도 도움이 안된다. 이제는 모든 게 소용이 없다는 시끼의 절망적인 심경이 느껴진다.

그저께 받아야 할 수세미꽃 물도 깜빡했네

お　　　い　へちま　みず　と
をととひの糸瓜の水も取らざりき

—『絶筆』

* 키고 へちまの水(가을) 키레 取らざりき 키레지 き

담에 효과가 있다는 수세미줄기에서 나오는 물은 보름날 밤에 받은 것이 좋다고 하는데, 깜박 잊고 받아두질 못했다. '이제는 늦었구나. 이렇게 죽어가겠지.' 시끼의 마지막 심경이 담긴 구다. 지금 당장 죽음을 앞둔 사람의 작품이라고는 믿어지지 않을 정도로 밝고 힘이 있다. 시끼는 최후의 순간까지 병마와 싸워 이기려는 마음으로 가득 차 있었다.

타까하마 쿄시

(高浜虛子, 1874~1959)

타까하마 쿄시는 1874년 마사오까 시끼와 마찬가지로 에히메껜의 마쯔야마에서 태어났다. 18세에 시끼를 알게 되면서 많은 영향을 받았다고 한다. 쿄시의 작품은 보이는 대상을 그대로 묘사하여 옮기는 '사생'적인 구라고 할 수 있는데, 쿄시는 이 사생법을 시끼에게서 배웠다.

1902년 마사오까 시끼가 죽은 후, 쿄시는 소설 쪽에 힘을 기울여 몇편의 걸작을 썼다. 그러나 그사이에 카와히가시 헤끼고또오(河東碧梧桐, 1873~1937)가 이끄는 하이꾸문단은

신경향을 내세워 키고나 정형을 무시하는 방향으로 기울어져 분열하고 있었다. 이에 쿄시는 다시 한번 하이꾸를 써보자고 각오를 다졌다. 쿄시는 마사오까 시끼가 친구와 함께 창간한 하이꾸 잡지 『뻐꾹새』(ホトトギス)를 이끌면서, 자연관찰을 통한 사생법을 강력하게 주장했다. 쿄시의 작품은 웅대하고 강직하기도 하지만 섬세하고 연약하기도 하다. 또 공상적으로 묘사하기도 하고 사실을 간결하게 묘사하기도 한다. 이처럼 그의 세계는 혼돈스러워 마치 여러 종류의 풀들이 무성하게 어우러져 있는 초원을 연상시킨다. 그의 사상을 한마디로 정리하기는 힘들지만 인공적인 지혜를 짜내어 만든 세계를 싫어하고, 한 작품 속에서 지성만으로는 결론 내릴 수 없는 애매모호한 느낌을 남기는 것을 특징으로 한다.

쿄시는 바쇼오의 위대한 공적을 인정은 했지만, 바쇼오의 구 속에서 느껴지는 극적인 표현은 별로 좋아하지 않았다. 오히려 간결한 묘사로 구를 만든 바쇼오의 제자 노자와 본쬬오(野澤凡兆, ?~1714)를 높이 평가했다.

1936년 쿄시는 처음으로 외국에 나가게 된다. 쿄시는 가는 곳마다 하이꾸에 대해 이야기했고, 이것이 당시 하이꾸를 알지 못하던 유럽사람들에게 깊은 감동을 주었다. 쿄시의 이 여행이 오늘날 하이꾸가 세계로 퍼져나가게 된 계기가 되었던 것이다. 쿄시는 외국에 있으면서도 일본에 있을 때와 변함없이 좋은 구를 많이 만들었다.

일생 동안 뛰어난 제자를 많이 길러낸 그는 스스로도 많은 명구를 남겨, 오늘날의 하이쿠가 있기까지 큰 공헌을 하였다. 쿄시는 1959년에 86세로 세상을 떠났다.

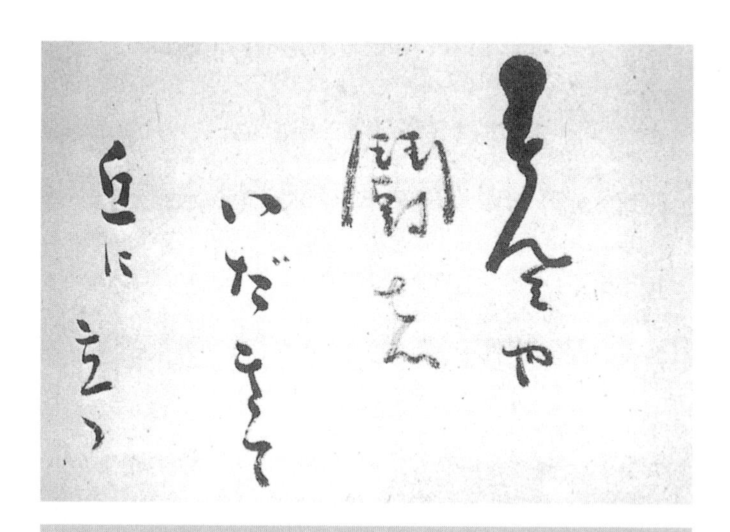

쿄시의 글씨 "春風や闘志いだきて丘に立つ"

쿄시의 명구 감상

오동잎 하나 화사한 햇빛 속에 떨어졌다네

きりひと は ひ あた　　　　　お
桐一葉日當りながら落ちにけり

—『五百句』

* 키고 桐一葉(가을) 키레 落ちにけり 키레지 けり

옛날 일본에서는 여자아이가 태어나면 집에 오동나무를 심었다고 한다. 그 오동나무로 아이가 성장해 결혼할 때 가지고 갈 혼수용품을 만들기 위해서였다. 오동나무는 외관상으로 그리 멋있어 보이는 나무는 아니지만 꽃만큼은 화려해 활짝 핀 모습은 장관이다. 이 구는 화사하게 내리쬐는 햇빛 속에 맑고 깨끗하게 빛나는 오동나무 잎새를 보고 있는 정경을 그렸다. 그 오동나무에 매달린 한 장의 잎사귀가 햇빛을 받으며 팔랑 떨어진 것이다. 여름의 작열하는 뜨거운 빛이 아니라, 가을의 밝고 온화한 빛이리라.

'오동나무'는 조락의 계절 가을을 가리킨다. 가을이라는 이미지를 표면에 드러내지 않고, 자연의 순간적인, 아주 작은 움직임에 초점을 맞추어 슬로우 비디오를 보여주듯이, 단 한장의 낙엽이 나뭇가지에서 떨어져 땅에 닿을 때까지의 순간을 포착하여 표현하고 있다.

금풍뎅이 던지며 느끼는 어둠의 깊이런가

金亀子(こがねむし)擲(なげう)つ闇(やみ)の深(ふか)さかな

―『五百句』

＊키고 金龜子(여름) 키레 深さかな 키레지 かな

옛날 사람들은 풍뎅이를 '금색의 거북이 새끼같이 생긴 벌레'라고 생각하여 '금풍뎅이'(金龜子)라고 불렀다. 풍뎅이는 더운 여름날 밤, 방의 불빛을 노리고 부웅 하고 날아들어온다. 그 풍뎅이를 집어 바깥에 던졌다. 이제껏 밝은 데 익숙해져 있던 눈이 바깥을 생각했던 것 이상으로 캄캄하게 느낀다는 것이다.

벌레를 바깥으로 내던지는 행동은 일상생활 속에서 무심코 하는 일일 것이다. 그러나 '어둠의 깊이'라고 하는 시어가 구가 끝나고도 좀더 생각에 잠기게 한다. 인간이 지니고 있는 어둠의 깊이는 측정할 수도 없는데다 아주 자연스러운 일상의 행동과 연결되어 존재하고 있다는 것을 말이다.

봄바람이여, 투지를 안고서 언덕에 섰노라

春風(はるかぜ)や闘志(とうし)いだきて丘(おか)に立(た)つ

—『五百句』

* 키고 春風(봄) 키레 春風や 키레지 や

시끼가 죽은 후 잠시 하이꾸문단을 떠나 소설에 힘을 쏟던 쿄시가 다시 『뻐꾹새』를 중심으로 하이꾸 활동을 재개하던 때의 작품이다.

태탕(駘蕩)한 봄바람이 부는 언덕에 서서 '난 하고 말리라'는 강한 의지를 조용히 불태우고 있는 모습을 읊었다. '봄바람'이라는 말을 사용함으로써 드러내놓고 보이는 투지가 아니라 마음속 깊은 곳에 가득 차 있는 투지를 효과적으로 나타내고 있다.

하얀 모란이라고 하건마는 발간 빛 감돌고

白牡丹(はくぼたん)といふ(う)といへ(え)ども紅(こう)ほのか

—『五百句』

* 키고 白牡丹(여름) 키레 紅ほのか

참으로 청초한 흰 모란이 있어 지그시 바라보았다. 흰 모란에는 어렴풋이 연한 붉은빛이 감돌고 있었다. 구 전체의 내용이 하나로 연결되어 있는 듯한 느낌을 주나, 읽을 때 '하얀 모란!'(白牡丹) 하고 잠시 쉬어주면, 새하얗고 탐스러운 모란 봉오리가 눈에 선하게 떠오른다. 흰 모란을 관찰하여 사생법으로 그대로 옮긴 구이다. 아무 생각 없이 봐왔던 것에서 지금까지 느끼지 못한 점을 발견하고 기뻐하면서 사생으로 그려내고 있다.

떠내려가는 무 이파리가 빠르기도 하여라

流れ行く大根の葉の早さかな

—『五百句』

* 키고 大根(겨울) 키레 早さかな 키레지 かな

쿄시의 대표적인 구이다. 근처의 황량한 들판에 조그마한 개울이 있다. 개울물은 겨울인데도 수량이 풍부해, 급류를 타고 녹색의 무잎이 빠른 속도로 떠내려간다. 상류에 있는 무밭에서 거둬들인 무를 개울에서 씻고 있는 광경이 연상된다. 씻어서 쌓아놓은 하얀 무와 그 주변에서 마냥 신나서 뛰어다니는 애들의 모습이 떠오른다. 빠르기를 지칭하는 '早さかな'에는 '어쩌면 저렇게 빠를 수 있을까?' 하는 의미가 담겨 있다. 순식간에 떠내려가고 만 무잎을 보며 작자는 놀라고 있다.

비유하면 팽이가 튕겨 나간 것과 같은 거지

たとふ(う)れば獨樂(こま)のはぢ(じ)ける如(ごと)くなり

—『五百句』

* 키고 獨樂(신년) 키레 如くなり 키레지 なり

비유해서 말하면 우리 두 사람의 사이란 나란히 돌고 있던 팽이가 친한 나머지 너무 가까워져서 서로 튕겨져 나간 것과 같은 거지.

마사오까가 죽고 난 후 쿄시는 한동안 소설에 열중하여 하이꾸문단은 헤끼고또오를 중심으로 운영되고 있었다. 헤끼고또오는 일본 전국을 여행하며 인기를 얻고 있던 터라 하이꾸문단은 그의 손아귀에 들어간 듯이 보였다. 그러나 헤끼고또오는 당시 문단을 휩쓸고 있던 자연주의의 영향을 받아 '정형하이꾸'를 버리고 전통적인 하이꾸에서 멀어져갔다. 그에 반해 쿄시는 정형을 고집하면서 우수한 하이진을 길러냈다.

쿄시와 헤끼고또오 두 사람은 고등학교 시절 같은 하숙집에서 생활했었고, 또 동시에 학교를 그만두고 시끼의 제자가 되었었다. 그러나 만년에는 서로 의견의 대립을 보이며 멀어져갔다. 이 작품은 헤끼고또오가 죽은 후 그를 추모하여 만든 것이다.

적이라는 놈 이제는 없어졌네, 가을달님아

敵といふもの今は無し秋の月

—『六百句』

* 키고 秋の月(가을) 키레 今は無し

지금까지 미움의 대상이며 공포의 근원인 적이 있었다. 그러나 이제는 그 '적'이 완전히 없어져버리고, 청아한 가을달만이 빛을 발하며 하늘에 떠 있을 뿐이다. 이것은 1945년 8월 25일 『아사히(朝日)신문』에 실린 구이다. 72세의 쿄시가 이 구를 만든 것은 22일이었다. 쿄시는 '어리석은 인간이 반복해온 전쟁'을 '적이라는 놈'으로 표현하고 있다. 이처럼 쿄시의 구에서는 평화의 본질을 생각하는 마음을 엿볼 수 있다.

그대 한마디 나 한마디 가을 깊어가는구나

かれいちご われいちご あきふか
彼一語我一語秋深みかも

—『六百五十句』

* 키고 秋深し(가을) 키레 秋深みかも 키레지 かも

그가 한마디 던지면 나도 한마디 던진다. 주위엔 정적만이 있을 뿐이다. 잠시 후 그가 다시 한마디를 던진다. 나도 한마디의 말로 응수한다. 또 다시 주위는 정적에 휩싸인다. 깊어져버린 가을, 삶의 애상을 느끼게 한다. 이 작품은 쿄시가 76세 때 읊은 것으로, 띄엄띄엄 대화를 나누는 두 남자의 모습을 그리고 있다. 그중 한사람은 작자 자신일 것이고, 젊은이처럼 활기있게 말을 주고받는 광경이 아닌 걸로 봐서 다른 한사람도 노인임에 틀림없다. 대화를 나누고 있다기보다는 오히려 내던지는 한마디 한마디 사이의 정적을 즐기고 있는 두 사람이다. 어디에 두 노인이 있는지 구의 배경이 되는 이미지는 드러나 있지 않고, 분명하게 그려진 것은 '그가 한마디 나 한마디'이다. 그밖의 다른 모든 것은 일체 생략되어 있다. 이렇게 함으로써 깊어가는 가을을 멋있게 연출하고, 삶의 깊고 높고 맑은 것들을 담아낸다.

거미로 태어나 거미줄을 쳐야만 하는 건가

蜘蛛(くも)に生(うま)れ網(あみ)をかけねばならぬかな

―『七百五十句』

* 키고 蜘蛛(여름) 키레 ならぬかな 키레지 かな

눈앞에 한 마리의 거미가 아까부터 부지런히 거미줄을 치고 있다. 이 작은 생명은 왜 거미로 태어나야만 했는가? 왜 거미로 태어나 거미줄을 쳐야 하는 것인가? 살아가기 위해선 거미줄을 쳐서 작은 곤충을 잡아먹지 않으면 안되는 거미의 숙명.

이 구는 '거미'라는 하나의 작은 생명체와 그 가여운 삶을 통해 인간이 사는 데 필연적으로 희생양이 되어주는 많은 생명들의 고마움을 생각하게 해준다. 'ならぬかな'라는 표현에서 그 탄식이 들린다.

봄 산, 송장을 묻어두고 허무하기만 하구나

春(はる)の山屍(やまかばね)をうめて空(むな)しかり

—『七百五十句』

* 키고 春の山(봄) 키레 春の山

한사람의 일생을 생각해본다. 파란만장한 일생을 마친 후 남은 것은 오직 하나, 싸늘한 주검뿐이다. 주검은 무덤 속으로 사라지고, 수백년의 세월이 흐른 지금 백골이 되어 땅 속에 남아 있기는 할까? 생각해보면 살아 생전 인간의 희로애락도 순간의 허장성세(虛張聲勢)도 물가의 모래처럼 흘러 다들 그렇게 가버리고 말았다. 지금 산천에는 봄이 찾아와 나무들이 일제히 연둣빛 싹을 틔우고 새들은 즐겁게 지저귀고 있다.

육신을 가지고 있는 한 인간은 늙음도 병도 죽음도 피할 수가 없다. 마지막에는 지금 아끼고 소중히 여기는, 집착하는 모든 것들을 버리고 떠나야 한다. 마지막 남은 주검조차도 세월의 흐름 속에 파묻혀 흔적도 없어지고 마는 것을. 과연 우리가 가져갈 수 있는 것은 무엇일까? 쿄시는 이 구를 읊고 난 이틀 후 의식을 잃고 쓰러져 세상을 떠났다.

카쯔시까 호꾸사이(葛飾北齋)의 우끼요에

사계의 명구 • 봄

나까무라 쿠사따오 (中村草田男, 1901~83)

용기야말로 지상의 소금이어라, 순백의 매화

勇氣(ゆうき)こそ地(ち)の鹽(しお)なれや梅(うめ)眞白(まっしろ)

―『來し方行方』

* 키고 梅(봄) 키레 なれや 키레지 や

용기야말로 '지상의 소금'과 같이 세상의 부패를 막는 것이다. 마치 그것을 상징하기라도 하듯이 순백의 매화가 추위 속에서 꿋꿋하게 피어 있다. 이 구는 일상생활에서 용기의 필요성을 절감한 작자가 매화의 백색을 보고 착상한 것이라 생각된다. 매화의 백색을 소금과 연계한 점이 흥미롭다. 나까무라 쿠사따오는 이와같은 사상성·사회성 짙은 구를 시적으로 아름답게 표현하는 데 탁월했다.

아와노 세이호(阿波野青畝, 1899~1992)

그리워지는구나 탁세의 빗소리여, 열반상

なつかしの濁世(じょくせ)の雨(あめ)や涅槃像(ねはんぞう)

—『萬兩』

* 키고 涅槃像(봄) 키레 濁世の雨や 키레지 や

열반이란 범어의 음역으로 번뇌의 불빛이 깨달음에 들어간다는 말이다. 부처님께서 입적하시는 모습을 그린 열반도에는 중앙에 옆으로 누워 열반에 드시는 부처님의 모습이 그려져 있다. 이것을 부처님의 열반상(涅槃像)이라고 한다. 부처님이 입적하신 날인 2월 15일을 기념하기 위해 절에서는 벽에 열반도를 걸고 법회를 한다. 이것을 네한에(涅槃會)라고하는데, 이 구는 네한에가 배경이 되어 있다. 밖에는 비가 내린다, 더러움으로 가득 찬 탁세의 비가. 오늘은 부처님이 입적하신 날, 절 안의 벽에는 열반도가 걸려 있다. 그림 속의 부처님은 조용히 이승을 떠나려 하고 있지만, 그건 이승이 싫어서가 아니다. 그 차분하고 조용한 얼굴은 지그시 속세의 빗소리가 그리워서 듣고 있는 듯이 보인다.

타까하마 쿄시 (高浜虚子)

우울한 봄이여, 차가워진 발을 포개어가며

しゅんしゅう　ひ　あし　う　かさ
春愁や冷えた足を打ち重ね

—『月斗翁句抄』

* 키고 春愁(봄) 키레 春愁や 키레지 や

늦은 봄 이유없이 마음이 울적하다. 그 울적한 기분에 발도 차가워져버렸다고 하는 것이다.

최근 일본에서 잘 들을 수 없게 된 말 중의 하나가 '5월병'(五月病)이다. 3월에 졸업식을 마치고 회사에 입사한 신입사원들은 사회인으로서 첫걸음을 내딛는다. 기대에 부풀었던 마음은 잠시뿐이고, 막상 현실에 직면한 젊은이들이 점점 힘을 잃고 우울해지는 것이 이른바 5월병이다. 새싹이 나와 한창 싱그러운 때에 아름다운 신록을 보고 이유없이 기분이 처지고 짜증이 난다는 것이다. 최근에 이 말을 들을 수 없게 된 것은 불경기로 언제 퇴직당할지도 모르는데, 5월병이라고 떠들 수만은 없게 되었기 때문인지도 모른다.

아오끼 게쯔또(靑木月斗, 1879~1949)

봄날의 우수여, 풀밭 위를 걸으면 풀 푸르러

春愁(しゅんしゅう)や草(くさ)を歩(ある)けば草青(くさあお)く

—『月斗翁句抄』

* 키고 春愁(봄) 키레 春愁や 키레지 や

아무런 이유없이 울적해져 이런저런 생각을 하면서 봄의 들판을 종작없이 거닐면 풀밭의 푸른빛이 더욱 마음에 스며든다. '풀밭 위를 걸으면 풀 푸르러'라고 하는 리듬감도 시정에 잘 어울린다. 감상적인 느낌이 신선하게 다가오는 구이다. 하늘도 푸르고 들판도 푸르러 내 마음속의 앙금도 사라지고, 투명하고 해맑은 행복이 피어오르고 있다.

2대 우따가와 히로시게(二代歌川廣重)의 우끼요에

우시로 보세끼 (右城暮石, 1899~1995)

물속으로 도망친 개구리가 뱀을 잊었다네

水中(すいちゅう)に遁(に)げて蛙(かえる)が蛇(へび)忘(わす)る

—『上下』

* 키고 蛙(봄) 키레 蛇忘る

뱀에게 쫓기고 있던 개구리가 재빠르게 물속으로 뛰어들어 뱀의 추적을 뿌리쳤다. 어휴, 이제 한숨 돌렸다 하고 안심하며 물속에서 네발을 쭉 펴본다. 조금 전까지만 해도 무서워 벌벌 떨었던 뱀에 대한 공포는 이미 사라지고 없다. 개구리를 통해 인간의 심리와 본능을 구체적으로 풍자하고 있다.

나까무라 테이죠(中村汀女, 1900~88)

바깥으로 나오렴, 손에 닿을 것만 같은 봄달

外(と)にも出(で)よ觸(ふ)るるばかりに春(はる)の月(つき)

—『花影』

* 키고 春の月(봄) 키레 外にも出よ

'봄달'(春の月)은 봄밤의 으스름달(朧月)과 비슷한 정취를 가진 키고로, 청아하게 비추는 가을달과는 달리 윤곽이 흐릿하며 요염한 데가 있다. 어느 봄밤, 손을 뻗으면 "닿을 것만 같은" 부드럽고 탐스러운 보름달이 휘영청 떠 있다. "밖으로 한번 나와보세요" 하고 달님에게 말을 거는 듯 생동감 있는 표현 속에서 봄을 맞은 즐거움이 전해져온다.

이시다 하꼬오(石田波郷, 1913~69)

버스를 기다리며, 대로의 봄을 의심치 않네

バスを待ち大路の春をうたがはず

(まおおじはるわ)

—『鶴の眼』

* 키고 春(봄) 키레 バスを待ち/うたがはず

도회의 대로변에서 버스를 기다리고 있자니 볼에 스치는 훈훈한 바람, 맑게 갠 하늘, 떠 있는 구름이 두둥실 가벼워 보인다. 도로변에 오가는 소녀들도 외투를 벗고, 밝고 환한 봄 차림을 하고 있다. 버스를 기다리고 서 있는 내 어깨와 머리 위에 내려쬐는 햇볕이 따뜻하기만 하다. 작자는 이젠 완연한 봄이라는 것을 의심할 여지가 없다고 느낀 것이다. '봄을 의심하지 않는다'는 말 속에 약동감 넘치고 상쾌한 마음의 탄력이 느껴진다.

요사 부손(與謝蕪村)

가는 봄이여, 묵직한 비파를 안는 마음

行(ゆ)く春(はる)や重(おも)たき琵琶(びわ)の抱(だ)き心(ごころ)

―『五車反占』

* 키고 行く春(봄) 키레 行く春や 키레지 や

평소에 늘 사용하여 익숙한 비파가 웬일인지 오늘은 무겁게만 느껴진다. 비파를 부둥켜안은 채 타지도 않고 그저 우두커니 만지작거리고 있노라니, 그 묵직하고 요염한 감촉이 마치 여자를 안고 있는 듯 기분이 묘하다.

가는 봄을 아쉬워하는 마음과 함께 환상 속의 여자를 마음으로 만지고 있는 듯한 느낌을 자아낸다. 또 비파와 여체(女體)를 연상시키는 묵직한(重たき)이라는 말에는 봄날의 우울한 기분과 환상 속의 여자를 그리는 마음이 잘 융화되어 있다.

우따가와 히로시게(歌川廣重)의 우끼요에

카야 시라오(加舎白雄, 1738~91)

그대 그리워져서, 등불 켤 무렵 벚꽃이 지네

人戀し燈ともしころをさくらちる

—『白雄句集』

* 키고 さくら(봄) 키레 戀し 키레지 し

봄날의 긴 하루가 저물고 있다. 아직 어둠은 깔리지 않았지만 집에 불을 켜려고 하다 밖으로 나왔다. 바깥엔 아직 저녁놀이 남아 있고, 하얀 벚꽃은 바람에 춤추듯 흩날리며 떨어진다. 그것을 보고 있자니 그대가 사무치게 그리워진다. 이젠 만날 수도 없는데…… 분명 사랑한다고 믿었는데 사랑한다고 말한 그 사람도 없고 사랑도 없다. 사랑이 어떻게 사라지고 만 것인지. 지는 꽃의 애틋함을 가슴에 아련히 남아 있는 추억과 함께 감미롭게 그리고 있다. 어려운 표현이 없어 가볍게 감상할 수 있는 구이지만 깊이가 있는 내용으로, 젊은이의 감상적인 마음도 느끼게 하고, 중년의 우수와 우울함도 느끼게 해준다.

하라 세끼떼이 (原石鼎, 1886~1951)

푸른 하늘이여, 하아얀 꽃잎 다섯 달린 배꽃

せいてん　しろ　ごべん　なし　はな
青天や白き五弁の梨の花

—『花影』

* 키고 梨の花(봄) 키레 青天や 키레지 や

구름 한점 없이 푸른 하늘과 그 하늘을 배경으로 꽃잎이 다섯 달린 하얀 배꽃이 청초하고 선명하게 피어 있다. 가볍게 스케치한 듯하면서도 하얀 배꽃을 대담하고 간결하게 묘사하여 암시적인 효과를 준다. 작자의 무욕의 시심이 대상을 담담하게 비추면서 꽃의 모양을 아주 또렷하게 그리고 있다.

아베 미도리죠 (安部みどり女, 1886~1980)

해와 바다의 품에 안기어, 기러기 돌아간다

ひ うみ ふとこ はい かりかえ
日と海の懐ろに入り雁帰る

—『光陰』

* 키고 雁歸る(봄) 키레 懷ろに入り/雁歸る

해와 바다가 정답게 어우러져 있는 북쪽 하늘을 향해 기러기떼가 돌아간다. 보통 해질 무렵의 기러기떼를 연상하는 사람도 많겠지만, 새벽녘의 어슴프레한 바다의 어둠속을 나는 기러기도 어울릴 듯싶다. 새벽빛에선 기러기를 부드럽게 감싸 안는 듯한 여유로움과 따뜻함이 느껴지기 때문이다.

기러기떼가 태양과 바다가 어우러진 자연의 풍광 속으로 안기듯이 들어간다는 묘사에서 자연 그 자체가 가진 모성과 더불어 기러기떼를 보내는 작자의 마음이 느껴진다.

카와히가시 헤끼고또오(河東碧梧桐, 1873~1937)

빨간 동백 하얀 동백 저마다 각각 떨어졌구나

あか　つばきしろ　つばき　お
赤い椿白い椿と落ちにけり

—『新俳句』

* 키고 椿の花(봄) 키레 落ちにけり 키레지 けり

오쨔(お茶, 일본 다도)의 세계에서는 '겨울은 동백, 여름은 무궁화'(冬は椿, 夏は木槿)라고 하여, 동백을 겨울에서 초봄 사이 다도의 꽃으로 귀하게 여겨오고 있다. '椿'이라는 글자에서 볼 수 있듯이 동백은 '봄의 나무'라고 하여 일본사람들이 특히 사랑하는 나무이다.

빨간 동백과 하얀 동백 두 그루가 매서운 겨울바람 속에서 뜨거운 마음 하나로 피워낸 선명한 꽃망울들이 인상적이었다. 가까이 다가가 보니, 빨간 동백나무 아래에는 빨간 동백이, 하얀 동백나무 아래에는 하얀 동백이 꽃송이를 떨구고 있었다. 떨어져도 시들지 않고 탐스런 자태를 간직하는 동백꽃. 화려한 낙화다.

이 구에서는 동백나무가 어떤 모습인지, 심어져 있는 장소가 어디인지 등 구체적인 것은 전혀 설명되지 않았다. 이렇게 거추장스러운 것을 제거하고 묘사됨으로써 동백의 이미지는 더욱 강렬하고 인상적으로 느껴진다.

사계의 명구 • 여름

야마구찌 소도오(山口素堂, 1642~1716)

눈에는 푸른 잎새, 산뻐꾸기, 만물가다랑어

目(め)には青葉(あおば)山時鳥(やまほととぎす)初鰹(はつがつお)

—『江戸新道』

* 키고 青葉/山時鳥/初鰹(여름) 키레 青葉/山時鳥/初鰹

이 구에는 키고가 세 개나 들어 있다. ①青葉: 여름의 생생하게 우거진 푸른 잎. ②山時鳥: 여름이 되면 날카로운 소리로 우는 산뻐꾸기. ③初鰹: 여름이 되어 처음으로 먹는 신선한 만물가다랑어. 눈에는 푸른 잎사귀, 귀에는 산뻐꾸기 소리, 입에는 맛이 일품인 만물가다랑어. 그러나 '귀에는' '입에는'이란 말은 생략한 채 초여름의 키고들만을 나열하여 구를 완성하는 기발한 수법을 쓰고 있다. 보통 키고를 세 개나 넣으면 더부룩한 인상을 주기 쉽다고들 하는데 이 구는 오히려 초여름다운 상큼함을 느끼게 되는 명구이다.

미쯔하시 타까죠 (三橋鷹女, 1899~1972)

아이에게 엄마에게 새하얀 꽃의 여름 온다

子(こ)に母(はは)にましろき花(はな)の夏來(なつき)る

—『白骨』

＊키고 夏來る(여름) 키레 夏來る

아이에게도 엄마인 나에게도 새하얀 꽃이 피는 여름이 왔다. 타까죠는 자식에 대한 정을 노래한 구를 많이 만들었다. 여기서 아이는 타까죠의 장남으로 당시 육군경리학교 학생이었다 한다.

여름에 피는 새하얀 꽃에는 병꽃나무, 가시나무, 태산목 등이 있는데, 이 구는 태산목의 이미지로 보는 것이 좋을 듯하다. 타까죠는 다음 구에서 이렇게 읊고 있다. "아이에게 썼다, 태산목꽃이 핀다고."(子へ書けり泰山木の花笑くと) 새하얀 태산목꽃은 향기가 진하여 농염한 느낌도 있지만 청순하고 고귀한 느낌이 강하다. 타까죠에게 있어 태산목꽃은 자식에 대한 일여지심(一如之心)인 동시에 모자의 고귀한 정을 상징하는 것이기도 하다.

나까무라 쿠사따오(中村草田男)

우거진 녹음이여, 우리 아가 이가 나온다네

ばんりょく　なか　あこ　はは　そ
萬緑の中や吾子の齒生え初むる

—『火の島』

* 키고 萬緑(여름) 키레 中や 키레지 や

쇼오와(昭和, 1926~89) 4년(1929)에 간행된 작품집『히노시마』(火の島)에 수록되어 있다. 이 구에서 눈에 띄는 것은 여름에 우거진 푸른 잎을 가리키는 '만록(萬綠)'이라는 말이다. '만록'이라는 단어는 이 구를 계기로 하여 키고로 정착되었다고 한다. 키고로 쓰이기 시작한 것은 쇼오와 30년(1955) 경부터이다. '만록'은 원래 '홍일점(紅一點)'과 함께 쓰이는 말로서 이 단어 하나만 쓰이는 경우는 거의 없었고, 물론 키고도 아니었다. 그런데 나까무라 쿠사따오가 처음으로 '만록'을 키고로 사용하면서 일반화되기 시작했다. 새로운 키고를 사용하여 구를 만드는 것은 간단하지만, 좋은 구가 나오지 않는 한 그 키고는 정착되지 않는다. 이 구의 영향으로 '만록'이라는 말은 키고로 다시 태어난 것이다.

싱싱한 녹음이 우거진 오늘, 우리 아기의 이가 나오기 시작했다. 이 세상에 자기 자식의 탄생과 성장에 감동받지 않는 부모가 어디 있으랴. 쿠사따오 역시 그 기쁨을 구로 표현한 것이다. 처음 나온 아기의 하얀 이가 잇몸에 보인다. 너무 기뻐서 "아유, 좋아라! 우리 애도 드디어 이가 나왔구나!" 하는 부모의 마음을 '만록' 이라는 조금 딱딱하고 과장되지만 생명감 넘치는 말로 비유하여 표현한 것이다. 무럭무럭 자라나는 어린아이의 생명의 힘이야말로 여름을 느끼기에 제격이라고 할 수 있을 것이다.

스기따 히사죠(杉田久女, 1890~1946)

메아리쳐오는, 산뻐꾸기 소리, 실컷 들었다네

谺(こだま)して山(やま)ほととぎすほしいまゝ(ま)

—『久女句集』

* 키고 ほととぎす(여름) 키레 谺して/山ほととぎす

높은 산에 올라가 야호! 하고 외치면 저쪽에서 야호! 하고 메아리가 돌아온다. 이 구에서는 뻐꾸기가 뻐꾹뻐꾹 우는 소리가 온 산에 메아리쳐와서, 작자는 뻐꾸기 우는 소리를 실컷 들었다는 것이다. 얼마나 많은 산뻐꾸기가 울고 있었는지 짐작할 수 있겠다.

이시이 로게쯔 (石井露月, 1873~1928)

하룻밤으로 족한 우정이어라, 차가운 이슬

いっしゅく　た　まじわ　つゆ すず
一宿に足る交りや露涼し

—『露月句集』

* 키고 露涼し (여름)　키레 交りや/涼し　키레지 や/し

먼길을 마다 않고 찾아와준 옛친구와 하룻밤을 보냈다. 짧은 만남 속에 아직도 못다한 말은 많지만 우리들의 우정은 이걸로도 충분하다. 그대와 나의 우정은 담박한 물과 같다. 차가운 이슬이 내려앉은 아침 햇빛 속에서 나는 지금 그대와 이별을 해야 한다.

타까노 수쥬우 (高野素十, 1893~1976)

개미귀신 구멍 솔바람 소리만을 들을 뿐이다

ありじごくまつかぜ　き
蟻地獄松風を聞くばかりなり

—『雪片』

* 키고 蟻地獄 (여름) 키레 ばかりなり 키레지 なり

개미귀신은 요충의 하나로, 소나무숲이 있는 건조한 모래땅에 큰 구멍을 파고 그 속에 숨어 있다가 개미가 구멍에 빠지면 얼른 개미를 잡아 체액을 빨아먹는다. 그 개미귀신 구멍이 여기저기에 보인다. 지금은 그런 무서운 비극이 일어날 조짐은 전혀 보이지 않고 땅위에 울퉁불퉁한 구멍이 몇개 있을 뿐, 그밖에는 이렇다 할 징조도 보이지 않는다. 바다에서 불어오는 바람과 솔솔 부는 솔바람소리가 들릴 뿐이다.

고또오 야한 (後藤夜半, 1895~1976)

폭포 위에 큰 물이 나타나서 떨어지는구나

たき　え　みずあらわ　お
瀧の上に水現れて落ちにけり

—『翠黛』

* 키고 瀧 (여름)　키레 落ちにけり　키레지 けり

폭이 넓고 높은 폭포가 있었다. 물줄기가 거칠게 물보라를 치면서 낙하하고 있는데, 가만히 바라보고 있자니 마치 폭포 위에서 큰 물덩어리가 떨어져 내리는 것 같다. 사생적인 구이기는 하지만 '큰 물이 나타났다'는 표현이 신선하다.

이 구는 오오사까(大阪) 북서부 미노오(箕面) 자연공원에 있는 폭포를 보고 만든 것인데 1931년 타까하마 쿄시가 선정한 '신일본명승하이꾸'의 하나였다.

카쯔시까 호꾸사이(葛飾北齋)의 우끼요에

나쯔메 세이비 (夏目成美, 1749~1816)

파리 다 때려잡겠다고 기를 쓰는 마음이여

蠅撃つてつくさんとおもふこころかな

—『成美家集』

* 키고 蠅撃(여름) 키레 こころかな 키레지 かな

보행이 자유스럽지 못한 나는 할일도 없고 따분하여 파리 잡기를 시작했다. 그런데 나도 모르게 정신이 팔려 파리를 다 때려잡겠다고 기를 쓰고 있다. 그러다 문득 내 마음을 들여다보니 정말 부끄럽다. 그리고 마음의 움직임 하나조차도 스스로 가누지 못할 때가 있다는 것을 생각하니, 한편으로는 무섭기도 하고 끔찍하기도 하다. 더위와 권태 속에서 일종의 새디즘적인 심리가 유발된 것인지도 모르겠지만, 인간에게 잠재되어 있는 잔학성을 작가는 놓치지 않고 있다. 파리 잡기로 무료함을 달래는 작자가 자신의 마음의 움직임을 냉철하게 바라보는 근대적인 자의식이 엿보인다.

카와히가시 헤끼고또오 (河東碧梧桐)

허공을 집은 게가 죽어 있구나, 뭉게구름이여

空(くう)をはさむ蟹(かに)死(し)にを(お)るや雲(くも)の峰(みね)

—『續春夏秋冬』

* 키고 雲の峰(여름) 키레 蟹死にをるや 키레지 や

한여름 땡볕 아래 게가 집게발로 허공을 집은 모습을 한 채 죽어 있고, 그 뒤로는 뭉게구름이 피어오르고 있다. 여기서 작자는 바닷게인지 골짜기에 사는 민물게인지 설명하지 않고 다만 뜨거운 햇볕에 빨간 등딱지를 밑으로 하고 흰 배를 드러내 보이며, 게 한마리가 집게발을 벌린 자세로 죽어 있는 장면에 주목한다. 뭔가 큰 것을 집으려다 결국에는 아무것도 못 집고 만 것일까? 허무하게 집게발을 벌리고 있는 모습을 '하늘을 집는다'고 작자의 감정을 이입하여 표현하고 있다. 하늘의 파란색, 게의 빨간색, 뭉게구름의 하얀색의 배합이 회화적이고도 세련된 사실미를 더해준다.

우따가와 히로시게(歌川廣重)의 우끼요에

이또오 쇼오우 (伊藤松宇, 1859~1943)

매어놓은 말의 눈 가느다랗다, 자귀나무꽃

繫(つな)かれし馬(うま)の眼(め)細(ほそ)し合歡(ねむ)の花(はな)

—『松宇家集』

* 키고 合歡の花(여름) 키레 馬の眼細し 키레지 し

담홍색의 자귀나무꽃이 발그레하게 피어 있고, 그 나뭇가지에 매어놓은 말은 졸린 듯 게슴츠레한 눈을 하고 있다. 잠깐 사이에 벌어진 일이기는 하지만 참으로 평화로운 한낮의 모습이다. 화장솔과 같은 자귀나무꽃의 환상적인 느낌과 졸려 가느다랗게 된 말의 눈을 인상 깊게 배합한 구이다. 사생적인 수법이기는 하지만 섬세한 느낌이 전해진다.

히노 소오죠오(日野草城, 1901~56)

남자친구를 기다리다 지쳤나, 열대어 주변

こひびとを待ちあぐむらし闘魚の邊

—『昨日の花』

* 키고 闘魚(여름) 키레 待ちあぐむらし

남자친구를 어디서 기다리고 있는 것일까? 빌딩의 로비 아니면 백화점의 한쪽 모퉁이? 젊은 여자가 아까부터 열대어가 헤엄치는 수족관 부근에 서 있다. 약속한 남자친구를 기다리고 있는 것일까? 지친 듯이 보인다. 당시로서는 신기하기만 한 열대어를 보고도 관심없어하는 걸 보니 초조하고 애가 타는 모양이라고 추측해 묘사하고 있다.

세련되고 도회적인 여성의 심리를 수족관 안에서 바쁘게 움직이는 열대어와 대응시켜 심리적인 충격을 주고 있다. 당시의 첨단적인 풍물을 소재로 하여, 하이꾸의 영역을 다각적으로 확대한 소오죠오의 모더니즘은 신흥하이꾸의 새로운 흐름을 형성하였다. 통속적인 것을 읊으면서도 저속함이 느껴지지 않는 도회적인 감각이 돋보인다.

타까야나기 시게노부 (高柳重信, 1923~82)

배를 태워서 버리고　　船焼(ふねや)き捨(す)てし

선장은　　船長(せんちょう)は

헤엄치는구나　　泳(およ)ぐかな

—『蕗子』

* 키고 泳ぐ(여름)　키레 泳ぐかな　키고 かな

스스로 배에 불을 지르고 생활의 터전인 배를 내버린 채 맨 몸으로 바다를 헤엄쳐가는 이 선장에게 과연 어떤 미래가 있는 것일까? 무엇이 그를 그렇게 만들었을까? 그 어둡고 허무한 정열은 뭐란 말인가? 이 구는 회화적이면서도 극적이다. 또 무한한 시적 공간에의 동경을 담고 있으며, 인생을 통찰하게 하는 여유가 있다. 스스로 아파하면서도 스스로를 부정하는 곳에서 출발하려 하는 순수함, 자신에 대한 자학과 반항감도 느껴진다. 작자는 2행을 쓴 다음 1행을 띄고 마지막 행을 쓰는 수법을 처음 사용하여 하이꾸를 발표하였는데, 이런 수법으로 시간과 공간이 펼치는 조형, 허(虛)를 형상화했다.

사계의 명구 • 가을

오오또모 오오에마루 (大伴大江丸, 1722~1805)

잡아 땄다네, 우리 두 사람에게 떫은감 두 개

ちぎりきなかかたみに澁(しぶ)き柿(かき)二(ふた)つ

—『はいかい袋』

* 키고 柿(가을) 키레 ちぎりきな 키레지 な

우리 둘다 떫은감을 하나씩 딴 셈이네, 단감이라고 확실하게 믿었었는데. 『고슈이슈우』(後拾遺集)에는 키요하라노 모또스께(淸原元輔) 작품으로 배신한 여자를 원망하며 읊은 노래가 수록되어 있다. '같이 약속했었지요, 소매로 흐르는 눈물을 닦으면서. 스에노마쯔산(末の松山, 미야기껜宮城縣 타가죠오시多賀城市에 있었다는 산)을 파도가 넘지 않듯이, 우리의 사랑도 영원하다고. 그런데 당신의 마음이 변해버리고 말았군요.' 이 구는 이 노래를 패러디한 것이다. 'ちぎりきな'는 '약속했다'와 '잡아 따다'는 두 가지 의미를 담고 있다. 떫은 감을 베어먹고 씁쓰름한 표정을 짓고 있는 두 사람의 얼굴을 클로즈업시켜 젊은 남녀의 사랑의 종말을 표현했다.

우따가와 히로시게(歌川廣重)의 우끼요에

오오노 린까 (大野林火, 1904~82)

잠들어도, 여행지의 불꽃 가슴에 펼쳐진다

ねむりても旅(たび)の花火(はなび)の胸(むね)にひらく

—『冬雁』

* 키고 花火(가을) 키레 ねむりても/胸にひらく

여행지에서의 어느날 밤, 어둠 속에서 창공에 펼쳐지는 화려한 불꽃을 보았다. 그날 밤은 잠이 들어서도 가슴에 불꽃이 펼쳐졌다. 불꽃을 보고 흥분된 작자의 마음을 잘 나타내주고 있다.

오늘날과 같은 불꽃은 13세기 말 무렵 이딸리아의 피렌쩨에서 시작되어 16세기경 유럽 전역으로 퍼졌다고 하는데, 일본에서는 1585년 여름, 불꽃을 올렸다는 기록이 처음 나온다. 그후 불꽃놀이는 민간의 풍물놀이로서 확고히 자리잡아, 지금은 7월말에서 8월초면 여기저기서 불꽃놀이를 볼 수 있다. 그러나 에도시대만 해도 더위가 물러난 8월말부터 선선한 바람이 불어오는 초가을에 불꽃놀이를 했다고 한다. 그래서 불꽃의 키고는 여름이 아니라 가을로 되어 있다.

탄 타이기 (炭太祇, 1709~71)

첫사랑이여, 등롱에 마주 댄 얼굴과 얼굴

初戀(はつこい)や燈籠(とうろ)による顔(かお)と顔(かお)

—『犬祇句選後篇』

* 키고 燈籠(가을) 키레 初戀や 키레지 や

불 켜진 등롱 앞에서 첫사랑에 빠진 소년과 소녀가 얼굴과 얼굴을 맞대고 있다. 수줍은 듯 살포시 붉어진 두 얼굴이여. 사랑에 빠진 두 사람은 아직 어리다. 등롱에 바싹 맞댄 모습이 때묻지 않고 순수한 두 사람의 모습을 잘 전해준다. 등롱이 매달린 곳이 어디인지는 상상에 맡길 수밖에 없지만, 서로 맞댄 두 사람의 얼굴은 정말 아름답게 보였을 것만 같다.

와까에는 사랑을 노래한 내용이 많지만, 하이꾸에는 사랑을 읊은 구가 적다. 그런 점에서 보면 탄 타이기의 구는 사랑을 읊은 몇 안되는 귀중한 작품이라 할 수 있다.

이이다 다꼬쯔(飯田蛇笏, 1885~1962)

철제로 만들어진 가을의 풍경이 울리는구나

くろがねの秋(あき)の風鈴(ふうりん)鳴(な)りにけり

—『靈芝』

* 키고 秋の風鈴(가을) 키레 鳴りにけり 키레지 けり

가을이 되어도, 처마 끝에 매달린 채로 있는 철제의 풍경이 바람에 흔들리며 처량한 소리를 낸다. 풍경소리는 여름의 시원함을 느끼게 해주는 것인데, 가을이 되었는데도 여전히 처마 끝에 매달려 소리를 낸다. 이제는 시원함보다는 오히려 냉랭한 한기가 느껴진다. 작자는 고색창연한 풍경소리에 귀 기울이면서 지나가버린 여름을 환기하며 쓸쓸하게 깊어가는 가을을 느끼고 있는 것이다.

모리 스미오(森澄雄, 1919~)

강가에서 백도를 벗기니, 물이 흘러서 가네

かわら　　はくとう　　　みず す　ゆ
磧にて白桃むけば水過ぎ行く

—『花眼』

* 키고 白桃(가을) 키레 白桃むけば

'磧'은 강가를 말한다. 이 구는 자갈이 뒹구는 강가에서 백도(白桃)를 벗겨먹고 있는 광경을 담고 있다. 자갈밭에 앉아 있기 때문에 산에서 솟아나와 강으로 흘러드는 물의 높이가 의외로 높아 보인다. 출렁출렁 흘러가는 물을 보면서 물기가 많은 백도를 먹고 있자니, 왠지 모르게 자신도 물속을 같이 흘러가는 것만 같은 기분이 드는 것이다.

호시노 타쯔꼬(星野立子, 1903~84)

마타리풀, 조금 떨어진 곳에 피어 있는 뚜깔

おみなえし　すこ　　　　　　　　おとこえし
女郎花少しはなれて男朗花

—『立子句集』

* 키고 女郎花(가을) 키레 女朗花

청량한 고원에 여인의 모습을 연상하게 하는 요염한 마타리풀이 늘씬한 모습으로 노란 꽃을 피우고 있다. 그 옆 조금 떨어진 곳에는 남자풀로 상징되는 가을풀 뚜깔이 하얀 꽃을 피우고 서 있다. 이 구는 일부를 통해 넓은 고원의 풍경을 그리고 있으며, 청량한 공기의 상쾌함과 더불어 마타리풀과 뚜깔의 특성을 잘 그려내고 있다. 또 그것을 바라보는 인간의 정겨운 시선도 느껴진다. 여자와 남자로 비유되는 가을풀을 마치 연인처럼 절묘하게 의인화하고 있는 점이 흥미롭다.

카와바따 보오샤 (川端茅舎, 1897~1941)

금강석과도 같은 이슬 한방울이여, 돌 위에

金剛(こんごう)の露(つゆ)ひとつぶや石(いし)の上(うえ)

—『川端茅舎句集』

* 키고 露(가을) 키레 ひとつぶや 키레지 や

돌 위에 한방울의 이슬이 있다. 그것을 가만히 바라보고 있자니, 마치 단단한 금강석처럼 영원히 반짝거리며 빛날 것만 같다. 불교용어인 '금강'이라는 비유가 상당히 효과적이다. 허무함의 극치를 말해주는 이슬 한방울, 햇볕을 받으면 바로 사라져버리고 마는 허무한 존재인 이슬을 돌 중에서도 가장 단단한 금강석에 비유하고 있다. 서로 다른 성질을 가진 것들을 배합하여 독자를 놀라게 하고 새로움을 느끼게 해주고 있다.

카와바따 보오샤는 특히 이슬을 소재로 한 작품을 많이 남겼다. 그는 45세의 젊은 나이로 세상을 떠났다고 하는데, 그래서인지 '이슬'의 구는 더더욱 인간 생명의 허무함을 깊이 느끼게 해준다.

카와히가시 헤끼고또오 (河東碧梧桐)

끌려가는 소가 사거리에서 지그시 올려다본, 가을하늘

曳かれる牛が辻でずつと見廻した秋空だ

—『八年間』

* 키고 秋空(가을) 키레 見廻した

소는 어디로 끌려가는 것일까? 도살장으로 팔려가는 것일지도 모른다. 끌려가는 소는 스스로의 운명을 예감한 것일까? 운명의 기로를 나타내는 사거리의 교차로 부근에 왔을 때, 머뭇머뭇 발걸음을 멈추었다. 그리고 뭔가 슬픈 눈을 하고는 하늘을 지그시 올려다보았다. 높고 파란 가을하늘이 청명하기만 하다. 사방을 빙 둘러본 것은 소가 아니라 작자가 아니었을까 하는 생각도 든다. 슬픔이 밀려오는 구이다.

우찌다 햣껜 (內田百閒, 1889~1971)

귀뚜라미 밤에 울고 아침에 울고 낮에 운다

こほろぎの夜(よる)鳴(な)いて朝(あさ)鳴(な)いて晝(ひる)鳴(な)ける

—『內田百閒句集』

* 키고 こほろぎ(가을) 키레 晝鳴ける

이 구는 밤낮을 가리지 않고 계속해서 울어대는 귀뚜라미의 소리를 읊은 구이다. 가을이 되어 귀뚜라미 우는 소리를 자주 듣게 되었다. 듣고 있으려니 가엽게도 밤, 아침, 낮 계속해서 울고 있는 것이 아닌가. '밤에 울고 아침에 울고 낮에 운다.' 쉴 틈을 주지 않고 표현한 자유스런 어투에서 풋풋한 젊음이 느껴진다.

미즈하라 슈우오오시 (水原秋櫻子, 1892~1981)

딱따구리, 낙엽을 서두르는 목장의 나무들

啄木鳥(きつつき)や落葉(おちば)をいそぐ牧(まき)の木々(きぎ)

—『葛飾』

* 키고 啄木鳥(가을) 키레 啄木鳥や 키레지 や

겨울이 다가오는 목장, 낙엽이 땅에 떨어져 뒹굴고, 주위의 나무들은 계절에 쫓기기라도 하듯 서둘러 빨간색 노란색으로 탈바꿈하고 있다. 목장의 딱따구리는 나뭇가지를 쿡쿡 찍고 있다. 낙엽 구르는 소리와 함께 늦가을의 고요를 깨는 딱따구리 소리가 들리는 듯하다. 인상파의 명쾌한 유화와 같은 느낌이 든다.

아와노 세이호(阿波野青畝)

허수아비가 이쪽 보고 저쪽 보네, 감자바람

案山子翁あちみこちみや芋嵐

—『萬兩』

* 키고 案山子/芋嵐(가을) 키레 あちみこちみや 키레지 や

감자바람(芋嵐)이란 가을이 되어 감자잎이 크게 자라날 무렵에 부는 강한 바람을 가리킨다. 감자밭에 센바람이 부는 날, 논의 허수아비 영감은 바람 부는 방향이 바뀔 때마다 이쪽 봤다 저쪽 봤다 한다는 구이다. '이쪽 보고 저쪽 보네'라는 짧은 표현으로 경쾌한 리듬감을 살리고 있다. 허수아비 영감이 두리번두리번하면서 다가오는 새를 쫓아내고 있는 듯하다. '감자바람'이나 '허수아비 영감' 등의 시어 속에는 작자의 성격과 서민의 애환이 담겨 있다. 또 키레지 'や'를 사용하여 끊어줌으로써 재미있고 신나는 기분을 고조시켜주고 있다.

카또오 쿄오따이 (加藤曉台, 1732~92)

바람이 슬프다, 밤마다 야위어가는 달의 모습

かぜ　　　　よ　　おとろ う つき　なり
風かなし夜んに衰ふ月の形

—『曉台句集』

* 키고 月(가을)　키레 かなし　키레지 し

한가위 보름달도 밤이 지나면 그 아름답던 모습이 밤마다 변해 빛을 잃고 쇠해간다. 부는 바람도 점점 차가워지고 애처로움이 가슴을 저민다. 이 구는 가을밤의 서정을 관념적으로 읊은 것으로, 절박한 진실미는 조금 부족하지만 와까와 같은 우아한 정취를 느끼게 해준다.

마쯔오까 세이라 (松岡青蘿, 1740~91)

난초 향기 또한 한적함을 깨기는 마찬가지

らに　か　かん　やぶ　に
蘭の香も閑を破るに似たりけり

—『青蘿發句集』

* 키고 蘭(가을)　키레 似たりけり　키레지 けり

군자의 꽃이라고 불리는 난초화분을 옆에 두고 나는 조용히 살고 싶다. 그런데 마음을 진정시켜줄 난초의 향기가 도리어 내 마음을 산란하게 하는 듯하니 이게 어찌된 일인가? 문인·가인이라면 난초향기를 사랑하고 한적함을 즐길 줄 알아야 하는 법인데, 그 경지에 도달하지 못하는 자신의 심경을 솔직하게 토로한 것이다. 이 구의 특징은 난초의 고귀함에 대해 한적한 심경을 묘사한 것이 아니라, 역으로 '한적함을 깬다는' 강한 부정적 표현을 가지고 한적한 생활을 동경하는 자신의 모습을 그린 것이다. 대립적이고 이질적인 것을 배합하는 충격의 수법을 효과적으로 사용하고 있다.

아끼모또 후지오(秋元不死男, 1901~77)

철새가 간다, 끄걱 끄걱 끄걱 통조림을 따면

鳥(とり)わたるこきこきこきと罐(かんき)切れば

—『瘤』

* 키고 鳥わたる(가을) 키레 鳥わたる

맑은 가을하늘을 철새가 날아간다. 이 좋은 날 나는 통조림을 끄걱끄걱 따고 있다. 아끼모또 후지오는 관(官)의 하이꾸 탄압으로 부득이 2년간 옥중생활을 하였다고 한다. 신흥하이꾸 운동을 추진한 사람들이 모두 그러했듯이 침묵을 지킬 수밖에 없었다. 그러다가 세상이 바뀌어 풀려 나온 작자가 이제는 마음놓고 하이꾸를 지을 수 있게 되었다. 그 자유로운 기분이 이 구의 배후에 깔려 있다. 식량난에 허덕이던 그 무렵 사람들에게 통조림 한개의 귀중함은 더없이 컸다. 'こきこきこきと'라고 의성어를 세 번이나 반복함으로써 읽는 이의 마음에 리듬을 만들어주고 있다.

토미야스 후우세이 (富安風生, 1885~1979)

기뻐하니 자꾸만 떨어지는 나무 열매여라

よろこべばしきりに落(お)つる木(き)の實(み)かな

—『草の花』

* 키고 木の實落つ(가을) 키레 木の實かな 키레지 かな

만추의 계절, 나무 열매하면 밤, 도토리, 호두 등이 있다. 이 열매들이 익어서 땅에 떨어진다. 바람이 불면 열매들은 비가 오듯 후두둑 떨어지기도 한다. 열매가 떨어지는 것이 좋아서 큰 나무를 쳐다보니 마치 나의 기분을 알았다는 듯이 또 후두둑 떨어진다. 소박하고 순수한 동심이 느껴지는 구다. 즐거운 마음이 나무에게 전달될 리 없겠지만 '기뻐하면 떨어진다'고 양자를 인과관계로 그리고 있는 점이 새롭다. 또 비가 오듯 떨어지는 나무 열매를 나무 자신의 기쁨으로 표현하여 교감을 즐기고 있다.

나까무라 테이조 (中村汀女)

빗방울이 가끔씩 굵어져오는 들국화여

雨粒(あまつぶ)のときどき太(ふと)き野菊(のぎく)かな

—『花影』

* 키고 野菊(가을) 키레 野菊かな 키레지 かな

눈이 시리도록 파랗던 가을하늘이 어느새 가는 비를 뿌리기 시작했다. 잡초와 어우러진 들국화에도 빗발이 떨어진다. 가만히 보고 있으니 그 비는 가끔 굵은 빗방울이 되어 들국화를 적신다. 비가 내리는 단순한 풍경 묘사인데도 빗방울의 크기에 착안하여 흥취를 자아내는 점이 이 구의 매력이다.

사계의 명구 • 겨울

야마구찌 세이시 (山口誓子, 1901~94)

바다로 나간 겨울바람 돌아올 곳이 없어라

うみ　　で　　こがらしかえ
海に出て木枯歸るところなし

—『遠星』

* 키고 木枯(겨울) 키레 ところなし 키레지 し

산과 들에서 사납게 불어대던 초겨울 찬바람은 뭍을 떠나 바다 위로 건너가버려 이젠 돌아올 곳이 없다. 세차게 부는 초겨울 찬바람도 애처롭고, 바람이 지나가고 없는 바다 또한 참으로 쓸쓸하고 허(虛)하다. 육지에서 부는 바람이 바다 위를 스쳐간다고 하는 발상이 새롭다. 바람을 마치 사람처럼 비유해 돌아갈 곳이 없다고 표현한 점도 재미있다. 쓸쓸하고 냉엄한 서정이 느껴진다. 작자는 이 구를 읊을 때 이제 내게는 돌아갈 곳이 없다, 그리고 나를 따뜻하게 맞아줄 사람도 없다고 생각하고 있었던 것은 아닐까?

무라까미 키죠오(村上鬼城, 1865~1938)

겨울 벌이 죽을 자리도 없이 걸어가는구나

ふゆばち　し　　　　　　　ある
冬蜂の死にどころなく歩きけり

—『鬼城句集』(大正6年版)

* 키고 冬蜂(겨울) 키레 歩きけり 키레지 けり

죽지 않고 겨울까지 살아남아 있던 벌, 이제는 날아갈 힘조차 잃어버린 채 양지를 어정어정 걷고 있다. 그 모습이 참으로 초라하고 애달픈 느낌을 준다. 작자는 다 죽어가는 겨울 벌에게 자신의 마음을 이입하여 응시하고 있는 것이다. 어찌 벌들에게만 있는 이야기라고 하겠는가. 우리네 인간의 삶도 이와 다르지 않다.

구로야나기 쇼하 (黑柳召波, 1727~71)

울적한 마음을 해파리에게 말하는 해삼아

憂(う)きことを海月(くらげ)に語(かた)る海鼠(なまこ)かな

—『春泥句集』

* 키고 海鼠(겨울) 키레 海鼠かな 키레지 かな

해삼이 자신의 울적한 마음을 바다 속에 떠 있는 해파리에게 조용히 하소연하고 있다. 해파리는 바다 속이나 바다 수면에서 우산을 접었다 폈다 하듯이 자유롭게 부유하는데, 대부분은 유해하다고 하여 먹는 경우는 별로 없다. 그래서 쉽게 잡히지만 쉽게 풀려난다. 이에 비해 해삼은 바다 속을 열심히 헤엄쳐 다녀도 결국은 인간에게 잡아먹히고 만다. 해삼은 이런 자신의 운명을 해파리에게 하소연하고 있는 것일까? 이 구는 해파리와 해삼을 의인화하여 동화의 세계를 그려낸 점이 독특하다고 볼 수 있다.

카또오 슈우손 (加藤楸邨, 1905~93)

우수수 낙엽이 지네, 서둘지 마 서둘지 마라

木の葉(こは)ふりやまずいそぐないそぐなよ

—『起伏』

* 키고 木の葉散る(겨울) 키레 ふりやまず 키레지 な/なよ

이 구는 슈우손이 늑막염으로 고생했을 때 읊은 구이다. 오랜 병상생활을 하다보니 이렇게 있을 수만은 없다는 초조한 마음이 가시질 않는다. 화려한 단풍들이 빛을 잃고 떨어진 뒤 앙상한 가지를 드러낸 나무들의 모습이 더없이 썰렁해 보이는 어느 겨울 하루, 낙엽이 우수수 떨어진다. 조급하게 서두르지 말라고 마치 주문이라도 외우듯 낙엽에게 말을 걸고 있다. '서둘지 마 서둘지 마라'고 반복함으로써 환자는 자신의 약한 마음을 추스르고 있는 것이다.

사이또오 산끼 (西東三鬼, 1900~62)

물베개 출렁이며 차가운 바다가 있다

みずまくら　　　　　さむ　うみ
水枕ガバリと寒い海がある

—『旗』

* 키고 寒い(겨울) 키레 ガバリと/海がある

겨울이 되면 추위로 감기에 걸리는 경우가 많아진다. 감기로 인한 고열로 물베개를 베고 누웠을 때를 떠올려보자. 물베개 속의 물이나 얼음이 움직일 때마다 출렁 하고 둔중한 소리가 난다. 그 소리가 날 때마다 머릿속이 일순간 차가운 바다가 된 듯한 어두운 기분에 사로잡힌다. '출렁'(ガバリと) 이라는 의성어에 의해 고무로 된 물베개 속의 썰렁한 물의 감촉이 잘 나타나 있다. 작가는 현실의 물베개에 몽환적인 차가운 바다가 결부되어 어두운 죽음을 보았다고 풀이했다.

나까무라 쿠사따오 (中村草田男)

내리는 눈, 메이지시대는 저만치 멀어져가네

降る雪や明治は遠くなりにけり

ふ　ゆき　めいじ　とお

—『長子』

* 키고 雪(겨울) 키레 降る雪や/なりにけり 키레지 や/けり

'눈이 내린다'고 하지 않고 '내리는 눈'이라고 한 것은 '눈'보다도 '내리다' 쪽에 힘을 준 표현이라 할 수 있다. 눈이 내리면 경치가 흐려지며 멀어지는 느낌을 준다. 그 눈발 속에 현실의 시대관념을 잊고 지금이 수십년 전의 메이지시대인 것 같은 기분이 되어 있다가 문득 현실로 돌아와 생각해보니 메이지시대는 참으로 먼 옛날이 되고 말았구나 하고 통감한 구이다.

2대 우따가와 히로시게(二代歌川廣重)의 우끼요에

아꾸따가와 류우노스께 (芥川龍之介, 1892~1927)

콧물이여, 코끝만은 어둠이 내리지 않았다네

水洟(みずばな)や鼻(はな)の先(さき)だけ暮(く)れ残(のこ)る

—『澄江堂句集』

* 키고 水洟(겨울) 키레 水洟や 키레지 や

콧물(水洟)은 한번 나오기 시작하면 끊임없이 줄줄 흐르게 마련이다. 저녁 무렵 쌀쌀해진 날씨 속에 끊임없이 콧물이 흘러내려 작자는 몇번이고 휴지로 콧물을 닦고 코를 풀어댔을 것이다. 그러는 사이에 코끝은 점점 빨개져 마치 삐에로처럼 되어버렸다. 이젠 코끝에만 온통 신경이 쓰인다. 어두워져가는 저녁 무렵, 발그스름해진 코끝이 눈에 가득 들어오며 거기에만 어둠이 내리지 않는 듯하다.

도미자와 카끼오(富澤赤黃男, 1902~62)

나비 추락하여, 떠들썩해져버린 얼음판아

蝶墮(ちょうお)ちて大音響(だいおんきょう)の結氷期(けっぴょうき)

—『天の狼』

* 키고 結氷(겨울) 키레 蝶墮ちて/結氷期

사방이 극도의 정적으로 둘러싸이고 마치 죽음이라도 예견한 듯 꽁꽁 얼어붙었을 때, 빙판 위에 나비와 같은 가벼운 물체만 떨어져도 큰소리가 울려퍼진다. 극도로 긴장된 정신상태에서는 아주 미미한 충격으로도 소리가 크게 느껴진다. 이 구에 구상화되어 있는 고조된 심리상태에서는 공포나 압박감마저 느껴진다. 한순간에 영원히 멈춰질 것만 같은 시간과 초현실주의 그림을 연상하게 하는 공간의 배합이 인상적이다. 이 구에 나타나 있는 풍경은 눈에 보이는 현상이 아니라, 인간의 내부에 인식되어진 현실이다. 일촉즉발의 파괴음을 사생적인 대상으로서 포착하고 있는 것이 아니라 작자의 내면과 직접적으로 결부시켜 표현하고 있다.

타까야 소오슈우(高屋窓秋, 1910~99)

산비둘기여, 바라보니 주위에 눈이 내리네

やまばと　　　　　　わ　　　ゆき
山鳩よみればまはりに雪がふる

—『白い夏野』

* 키고 雪(겨울) 키레 山鳩よ 키레지 よ

산비둘기가 운다. 우는 곳을 보니 주위에 세설이 팔랑팔랑 거리며 산비둘기를 감싸안듯이 내린다. 유연한 발상과 어투가 자유스러운 느낌을 주며, 아름답고 서정적이며 약간은 애수를 띤 작자의 의식세계가 느껴진다. 또 '산비둘기야'라고 부름으로써 영탄효과를 내고 있는 점도 흥미롭다.

오자끼 호오사이 (尾崎放哉, 1885~1926)

기침을 해도, 혼자

せき　　　　ひとり
咳をしても一人

—『大空』

* 키고 咳(겨울)　키레 咳をしても

암자에 매섭게 불어대는 겨울 북풍, 쇠약해진 몸을 추스르기가 힘들다. 심한 기침으로 고통스러워도 보살펴주는 사람 하나 없다. 새삼스레 혼자임을 통감하누나. 오자끼 호오사이는 가족도 버리고 일도 그만두고 혼자서 살았다고 한다. 이 구에서도 알 수 있듯이, 기침을 해도 등을 쓰다듬어주고 위로해주는 사람도 없었던 모양이다. 작자는 정형 음수율에서 벗어난 자유율 하이꾸로 자신의 감정을 강렬하게 표현하고 있다. 이처럼 짧은 하이꾸에는 정형보다 쓸쓸함을 더 강조하는 효과가 있다. 겨우 9음의 단율 속에 표현된 무한한 고독감과 함께, 기침을 하고 난 후의 여운이 가슴에 남는다.

타네다 산또오까 (種田山頭火, 1882~1940)

편안하게 죽을 수 있을 듯한, 메마른 풀

おちついて死(し)ねさうな草枯(くさか)るる

—『定本山頭火全集』

* 키고 草枯るる(겨울) 키레 死ねさうな

인생의 무거운 짐을 짊어지고 죽을 장소를 찾아 헤매면서도 나는 죽지 못하고 여태껏 살아왔다네. 그러나 이제 내가 마음 편히 조용하게 죽을 수 있을 것 같은 초가 하나를 찾았다네. 때마침 초원의 풀도 시들어 메말라 있네. 죽는 일이 태어나는 것보다 어려운 것일까?

작자인 타네다 산또오까는 자기의 죽음으로 인해 타인에게 피해를 끼치고 싶지 않았다고 한다. 그는 절과 신사 근처의 암자에서 온천을 즐기며 친절하고 따뜻한 사람들과 같이 어울려 살다가, 자신의 염원대로 아무도 모르게 죽었다고 한다.

고오자이 테루오(香西照雄, 1917~87)

초조해 마, 겨울나무를 자르면 다홍빛 심지

ふゆき き しん べに
あせるまじ冬木を切れば芯の紅

—『對話』

* 키고 冬木(겨울) 키레 あせるまじ

살풍경한 겨울나무를 자르니 나무의 단면은 중심에 가까울수록 색이 짙어져 있고 중심은 선명한 홍색을 띠고 있다. 그 생명력의 원점과도 같은 홍색을 보면서 나도 역경에 굴하지 말고, 초조해하지 말고, 희망을 가지고 앞을 향해 나아가자고 생각했다. 이 구는 말라리아에 걸린 작자가 일을 그만두고 한동안 고향에 내려가 소작지를 일구고 살았을 때에 읊은 것으로, 희망을 버리지 않고 살아가야겠다는 작자의 절실한 마음이 전해진다. 나무라는 생명체의 의연함에서 한결같음에서 애꿎은 숙명을 받아들이는 꿋꿋함에서 내가 정말 살아야 할 삶의 가치들을 배우게 된다. 사생적인 시각으로 생각을 미적으로 응축시키려는 의지가 느껴진다.

우따가와 히로시게(歌川廣重)의 우끼요에

핫또리 란세쯔 (服部嵐雪, 1654~1707)

매화 한송이, 한송이만큼씩의 따스함이여

うめいちりん いちりん　　　　あたた
梅一輪一輪ほどの暖かさ

—『庭の巻』

* 키고 寒梅(겨울) 키레 梅一輪

매화가 한송이 피었다. 아직 겨울이긴 하지만 어딘가 모를 따뜻함이 느껴지는 듯하여 봄이 다가왔다는 것을 알 수 있다. 겨울 추위가 가시기 전에 피는 매화는 벚꽃과 더불어 봄을 상징하는 꽃이다. 그러나 이 구는 추위 속에 피는 매화〔寒梅〕를 키고로 하여 겨울구로 읊어졌다. 추위 속에서 피어나는 매화를 보고 그 아련한 따사로움에 주목하였으며 '한송이'란 시어를 반복함으로써 송이송이 피어나는 꽃이 보이는 듯한 착각을 일으키는 게 이 구의 매력이다.

아끼모또 후지오 (秋元不死男)

크리스마스 땅에 오고, 부모는 배를 젓는다

クリスマス地(ち)に來(き)ちちはは舟(ふね)を漕(こ)ぐ

—『街』

* 키고 クリスマス(겨울) 키레 地に來/舟を漕ぐ

1937년 작품으로 요꼬하마(横浜)의 번화가 요시다바시(吉田橋)에서 바라본 풍경이다. 크리스마스로 흥청거리는 시내와는 달리, 연말의 차가운 운하에서는 한 노동자 일가가 거룻배를 젓고 있다. 같은 배에 살고 있는 어린애들의 모습이 떠오르고, 설레며 왔다갔다 하는 가난한 어린아이의 심정을 헤아리는 작자의 따뜻한 눈길이 느껴진다. '來'로 끊어줌으로써 밝음과 어둠, 있는 자와 없는 자의 크리스마스를 대비하고 있다. 작자가 가난했던 소년시절의 생활체험을 바탕으로 하여 읊은 구로, 사회적 감정이 바닥에 흐르고 있다.

사계의 명구 • 신년

타까하마 쿄시 (高浜虛子)

지난해 올해 하나로 이어진 막대기 같은 것

こぞ　ことし　つらぬ　ぼう　ごと
去年今年貫く棒の如きもの

—『六百五十句』

* 키고 去年今年(신년) 키레 如きもの

'작년' '올해'라고 달력에는 구분지어 표시하지만, 누가 그 선을 그어놓은 것일까? 생각해보면 나 자신의 생활도 다른 사람의 생활도 그리고 역사도 문화도 단절된 때가 있었던가. 다만 어제가 이어져 오늘이 된 것뿐인데. 작년과 올해라는 이 둘 사이에는 분명 하나의 두터운 막대기 같은 것이 존재하여 관통하고 있는 것이리라. 그 막대기와 같은 것에서는 '신의 조화'가 강하게 느껴진다. 우리네 삶이 그렇듯이, 신년이 되었다고 해서 특별히 달라진 것은 없고 어제와 마찬가지로 바쁜 생활은 여전히 계속될 뿐이다. 그러한 일상생활을 초월하여 시간과 인간과의 관계를 명확하게 포착해내고 있다는 점에서 대담함, 솔직함이 느껴지는 이 구는 쳇바퀴 돌듯 하루하루 살아가는 우리네 삶을 뒤돌아보게 한다.

우따가와 히로시게(歌川廣重)의 우끼요에

사꾸라이 바이시쯔(櫻井梅室, 1769~1852)

설날 아침, 귀신도 해치울 억센 손도 무릎 위

元日や鬼ひしぐ手も膝の上

—『梅室家集』

* 키고 元日(신년) 키레 元日や 키레지 や

집에 자주 출입한 적이 있던 남자가 제대로 옷을 갖추어 입고 새해 인사를 하러 왔다. 노동으로 단련되어 귀신이라도 해치울 것 같은 거칠고 억센 손을 무릎 위에 깍듯이 얹고 반듯하게 앉아 있는 모습을 보니, 어제까지만 해도 물불 가리지 않고 일하던 그 사람의 모습이 생각나서 기분이 묘해진다. 아니 이 사람에게 저런 면이 있었나 하고 평소의 모습과는 다른 일면을 발견한 뒤의 놀라움과 기쁨이 교차한 것이다. 진지하고 예의바른 모습은 평소에 우직하게 일하던 그 남자의 진실된 모습과 수미일관하는 것이 있다고 작자는 느낀 것이다.

후꾸다 료오떼이 (福田蓼汀, 1905~88)

복수초, 가족처럼 모두 한곳에 모였구나

ふくじゅそう　かぞく
福壽草家族のごとくかたまれり

—『山火』

* 키고 福壽草(신년) 키레 福壽草/かたまれり

복수초는 화분에 심어 설날에 장식하는 꽃으로, 키는 작지만 노랗게 핀 꽃이 복스럽다. 설을 기다리기라도 했다는 듯이 피기 시작한 복수초. 그중 큰 꽃은 아버지, 그 옆에 몸을 바싹 기댄 것은 어머니, 그 주위에 두셋 얼굴을 보이고 있는 꽃봉오리는 애기 복수초, 다복다복 모여 피어 있는 복수초가 마치 화목하고 단란한 가족이 한곳에 옹기종기 모여 있는 모습처럼 보인다. 작자의 따뜻하고 평화로운 마음과 더불어 단란하고 행복한 가정의 모습도 엿보인다.

이와따 료오또 (岩田涼菟, 1659~1717)

이래도 좋다 저래도 좋다 하는, 늙은이의 봄

それもおうこれもおうなり老の春 (おい・はる)

—『元祿十三年歲旦帳』

* 키고 老の春(신년) 키레 これもおうなり 키레지 なり

달력 한장을 찢으며 벌써 내가 이런 나이가 되다니 하고 혼자 중얼거리는 날이 있다. 얼핏 스치는 감출 수 없는 주름 하나를 바라보며 거울에서 눈을 돌리는 때가 있다. 살면서 가장 잡을 수 없는 것 가운데 하나가 나 자신이었다. 또 한 해를 맞아 나이를 먹었다. 이것도 좋다 그것도 좋다고 마음씨 좋은 할아버지가 되어버린 자신의 모습이 이제는 제법 잘 어울린다고 신년의 심경을 읊었다.

이 구는 료오또의 42세 때 작품으로 이제는 젊을 적 혈기나 객기는 없어져 자신이 생각해봐도 많이 유들유들해졌다고 쓴웃음을 짓는 모습이 보이는 듯하다.

무끼(無季)하이꾸

요시오까 젠지도오(吉岡禪寺洞, 1889~1961)

한줌의 모래를, 창해에 뿌리노라 이별의 정표

一握(いちあく)の砂(すな)を蒼海(そうかい)にはなむけす

—『定本吉岡禪寺洞句集』

＊키레 砂を/はなむけす

바다를 떠나면서 해변의 모래를 손바닥에 한줌 쥐고는 파도가 밀려오는 바닷가에 서서 넓은 창해를 향하여 전별의 의미인 양 모래를 뿌렸다. 바다여 잘 있거라, 아쉬움은 남지만 나름의 이별의 정표다. 아득한 수평선으로 펼쳐진 망망대해를 향해 서 있는 인간, 유구한 자연 속에 느껴지는 인간의 순수함이 돋보인다.

카와히가시 헤끼고또오 (河東碧梧桐)

늙은 아내 젊어 보인다, 어젯밤 나눈 이야기 또 하는 걸 보니

老妻若(ろうさいわか)やぐと見(み)るゆふ(う)べの金婚式(コト)に話頭(カタ)り

—『昭和日記』

* 키레 老妻若やぐと見る

고락을 함께 해온 늙은 아내가 오늘따라 젊어 보인다. 어젯밤 화젯거리였던 자신들의 금혼식 이야기를 오늘도 또 나에게 해주는 모습을 보고 있으니. 오손도손 정답게 이야기를 나누는 행복한 부부의 모습이 떠오른다. 그러나 이 구를 읊고 나서 13일 후에 헤끼고또오는 갑자기 세상을 떠나 안타깝게도 이 구는 그의 마지막 작품이 되고 말았다.

오기와라 세이센스이(荻原井泉水, 1884~1976)

힘껏 우렁차게, 우는 아이와 우는 닭의 아침

力一(ちからいっ)ぱいに泣(な)く兒(こ)と啼(な)く鷄(とり)との朝(あさ)

—『原泉』

* 키레 力いっぱいに

온 힘을 다해 우는 아기의 울음소리가 들려온다. 그리고 여명을 깨는 날카로운 닭의 울음소리도 들려온다. 희망에 가득 찬 약동적인 아침이다. 자연 속에 존재하는 생명의 근원적인 모습을 영혼 속에서 분명히 체득했다는 느낌을 이와같이 단순하게 표현했다. 단순한 것은 절실함이며, 진실함이며, 영혼과 통하기 때문이다.

하시모또 무도오 (橋本夢道, 1903~74)

무례한 아내여, 매일 구질구질한 음식만을 먹여줄 텐가

ぶれい　つま　まいにち ばか　く
無禮なる妻よ毎日馬鹿げたものを食わしむ

—『無禮なる妻』

* 키레 無禮な妻よ　키레지 よ

일본은 패전 후 혼란기에 접어들면서 식량사정이 좋지 않았다. 계속된 식량난으로 무엇 하나 제대로 먹을 수 없는 시절이었다. 아내여, 매일 어려운 생활을 꾸리느라 힘든 것은 알지만 어떻게 이렇게 말도 안되는 구질구질한 것들을 먹일 수가 있단 말인가? 이런 걸 먹고도 사람이라고 할 수 있겠는가, 무례하다는 생각은 안하는가? 이 구는 아내가 사랑하는 가족에게 이렇게밖에 할 수 없게 한 것들에 대한 분노가 서려 있다. 고생하는 아내의 모습을 연상시키며 아내에 대한 애정을 해학적으로 그려내고 있다.

| 참고문헌 |

山下一海『俳句の歷史』, 朝日新聞社 1999.

尾形仂「季題觀の變遷」,『俳句と俳諧』, 角川書店 1981.

淺野信『切字の研究』, 櫻楓社 1962~63.

阿部正美『芭蕉發句全講』, 明治書院 1994~95.

安東次男『芭蕉七部集評釋』, 集英社 1973.

清水孝之『與謝蕪村の鑑賞と批評』, 明治書院 1983.

高浜年尾 編『俳句集』, 每日新聞社 1973.

尾形仂 編『俳句の解釋と鑑賞事典』, 風間書院 2000.

佐藤和夫『海を越えた俳句』, 丸善ライブラリー 1991.

井本農一『名句鑑賞十二ヶ月』, 小學館 1998.

暉峻康隆『暉峻康隆の季語辭典』, 東京堂出版 2002.

田中善信『與謝蕪村』, 吉川弘文館 1996.

日本文學研究資料刊行會 編『近代俳句』, 有精堂出版 1984.

尾形功『蕪村の世界』, 岩波書店 1993.

麻生磯次『俳句大觀』, 明治書院 1971.

『校本芭蕉全集』, 富士見書房 1987.

『蕪村全集』, 講談社 1992.

『一茶全集』, 信濃每日新聞社 1976.

『子規全集』, 講談社 1975~78.

『俳文學大辭典』, 角川書店 1995.

『蕪村事典』, 櫻楓社 1990.

『一茶大辭典』, おうふう 1995.

순간 속에 영원을 담는다 • 하이꾸 이야기

초판 1쇄 발행/2004년 9월 10일
초판 3쇄 발행/2014년 10월 14일

지은이/전이정
펴낸이/강일우
편집/김정혜 문경미 안병률 황경주
미술·조판/윤종윤 정효진 신혜원 한충현
펴낸곳/(주)창비
등록/1986년 8월 5일 제85호
주소/413-120 경기도 파주시 회동길 184
전화/031-955-3333
팩시밀리/영업 031-955-3399 · 편집 031-955-3400
홈페이지/www.changbi.com
전자우편/lit@changbi.com

ISBN 978-89-364-7095-1 03830

* 책값은 뒤표지에 표시되어 있습니다.